# See des Schweigens

Heinrich Peuckmann

Lychatz Verlag

# See des Schweigens

Heinrich Peuckmann

Kriminalroman

Bibliografische Information durch die Deutsche Nationalbibliothek: Die Deutsche Nationalbibliothek verzeichnet diese Publikation in der Deutschen Nationalbibliografie; detaillierte bibliografische Daten sind im Internet über http://www.dnb.de abrufbar.

ISBN 978-3-942929-13-4

Lektorat: Stefanie Stöhr


Hergestellt in Leipzig, Germany (EU)
www.lychatz.com

9,95 Euro (D)

# 1.

Die Jacht schaukelte auf den Wellen des Sees, der im Licht der tief stehenden Sonne glitzerte. Der Mann hatte sich gegen die Reling am Bug gelehnt und beobachtete, wie die Wellen aufflammten, erloschen und sich wieder entzündeten. Es hatte etwas Beruhigendes, einfach auf die Wasseroberfläche zu starren und dem Spiel des Lichts zuzuschauen. Der Blick half ihm, leer zu werden vom aufgestauten Stress der Woche. Genau deshalb hatte er sich diesen See gekauft, denn er brauchte Entspannung für seinen hektischen Job. Nur so konnte er ihn durchhalten, nur so konnte er es schaffen, fit zu bleiben für die nächsten Anstrengungen.

Es waren auch wirklich folgenreiche Entscheidungen, die er bei seiner Arbeit als Wirtschaftsprüfer zu treffen hatte. Entscheidungen, die erst nach umfangreichen Berechnungen, nach detaillierter Auswertung von Statistiken, nach möglichst fundierter Zukunftsprognose zu fällen waren. Von seinem Votum hing das Schicksal ganzer Betriebe und vieler Arbeitsplätze ab. Er durfte es sich nicht leicht machen und auf keinen Fall von Gefühlen leiten lassen. Die Fakten, immer nur die Fakten, das war das Einzige, was zählte. Und die mussten genau erarbeitet werden.

Aber jetzt wollte er die Gedanken daran loswerden, wollte er nur noch die Situation genießen. Ja, alles um ihn herum gehörte ihm, tatsächlich ihm! Er war stolz darauf, wer außer ihm konnte von sich behaupten, einen ganzen See zu besitzen? Dabei hatte er nur ganz zufällig von dem Angebot erfahren und sofort zugegriffen. Einen ganzen See zu kaufen, das mochte für andere ungewöhnlich klingen, aber nicht für ihn. Im Gegenteil, es war ein Angebot wie für ihn gemacht.

Für einen Moment riss er sich los vom Anblick der Wellen und besah mit einem Rundblick stolz sein Reich. Zuerst blickte er hinüber zu dem Ufer links von ihm, das von dichtem Wald bewachsen war. Gut fünfzig Meter war es von ihm entfernt, bei jedem Windstoß hörte er die Blätter rascheln. Manchmal kamen dort Rehe ans Wasser, aber nicht um zu trinken, sondern um die tief hängenden Äste abzuäsen. Vor allem an der Weide knabberten sie gerne, deren Ruten bis ins Wasser hingen. Auf der anderen Uferseite, weit weg von ihm, gab es rechts noch ein Stückchen Wald, links davon schlossen sich Felder an, durchzogen von Stromleitungen. Die meisten waren jetzt, Anfang September, abgeerntet. Ein Flickenteppich aus dunkelgelben und hellbraunen Rechtecken breitete sich aus. An zwei Stellen leuchtete das Dunkelgrün von noch nicht abgeernteten Maisfeldern herüber.

Er unterbrach seinen Rundblick und lauschte, ob er Geräusche unter Deck vernehmen könne. Nein, es war alles ruhig dort unten, Gott sei Dank. Er wollte jetzt nicht gestört werden, sondern einfach See und Stille genießen. Aber genau das fiel ihm plötzlich schwer. Er wusste zuerst selbst nicht, woran es lag, dann begriff er es. Er hatte seinen Blick unbewusst auf die schmale Seite des Sees gerichtet, dorthin, wo das Dorf lag. Trotz der großen Entfernung konnte er mit bloßem Auge das Hotel erkennen, das ganz nahe am Ufer lag. Die große Terrasse davor war nur zu erahnen, aber er wusste auch so, was dort gerade stattfand. Es war Freitagnachmittag, also hatte sich das halbe Dorf versammelt. Jeden Freitagnachmittag kamen die Leute im Hotel zusammen, bei Sonnenschein wie heute auf der Hotelterrasse, bei Regen verzogen sie sich in das große Gesellschaftszimmer. Und er wusste sogar, worüber sie redeten. Über ihn redeten sie, über seinen See und das Verbot, das er gegen sie ausgesprochen hatte. Seit Wochen kannten sie kein anderes Thema. Immer ging es darum, was für ein fieses Schwein er angeblich war. Und das alles nur, weil er ihnen einen Zaun vor die Nase gesetzt hatte. Einen Zaun zwischen Seeufer und Hotel. Warum auch nicht, es war sein See, er konnte damit machen, was er wollte. Viel Geld hatte er dafür bezahlt, um ihn zu erwerben, sie hätten das ja auch tun können. Schließlich waren sie zuerst gefragt worden, ob sie den See haben wollten. Aber sie wollten ihn nicht, weil sie glaubten, dass alles so weitergehen würde wie bisher, in ihrem alten Schlendrian. Der hatte sie aber schon vorher in den Abgrund gezogen, weshalb sonst war es zur Wende gekommen, zum Zusammenkrachen ihres verfaulten Staates?

Aber nein, sie wollten nichts daraus lernen. Sie wollten einfach nicht kapieren, dass alles seinen Preis hat, den jeder bezahlen musste. Auch sie! Überhaupt, was waren das für Argumente, mit denen sie ihn attackierten? Wir haben immer in dem See gebadet, schon seit unserer Kindheit. Wir sind dort immer getaucht, das gehört zu unserem Leben. Niemals haben wir dafür Geld bezahlt. Der See ist unser See, er ist für alle da!

Ist er eben nicht! Auch einen See kann man kaufen, wie man überhaupt alles kaufen kann. Er hatte es ihnen vorgemacht. Spätestens da hätten sie merken müssen, dass sich was geändert hat, und zwar gründlich! Sie hätten sein Angebot annehmen und die Pachtgebühr bezahlen sollen, die er für den Uferstreifen vor dem Hotel verlangt hatte. Sie hätten sich dort gut einrichten können, das Ufer war breit genug, um Liegestühle aufzustellen. Sanft fiel es zum See ab, die ideale Stelle, um zu baden, vor allem für Kinder. Ja, diese Stelle des Sees hatte er ihnen angeboten und die Pacht war nicht einmal hoch gewesen. Wenn sie ein bisschen überlegt hätten, wären sie auf das Angebot eingegangen. Aber nein, sie haben es nicht nur schroff, sondern empört zurückgewiesen.

Was ihm einfallen würde, haben sie gerufen, als er sie in den Gesellschaftsraum des Hotels eingeladen und seinen Plan erklärt hatte. Ob er etwa glaube, dass sie Kapitalistenknechte seien? Der See sei ein Stück Natur, auf den jeder einen Anspruch habe. Jeder, der ihn nut-

zen und nicht zerstören wolle. Ob er ihnen demnächst auch noch die Luft zum Atmen verkaufen wolle?
Ja, so einen ideologischen Schwachsinn hatten sie gerufen. Vor allem waren sie sich ihrer Sache sicher gewesen. Sie würden den See nützen, wie es ihnen passte, egal, ob er ihn gekauft hatte oder nicht. Bis eines Tages der Zaun am Ufer stand. Genau an der Stelle, die sie und die Hotelgäste immer zum Baden genutzt hatten und die er ihnen angeboten hatte. Da haben sie erst mal dumm aus der Wäsche geguckt, ein, zwei Tage lang. Dann haben sie angefangen zu schreien, ein Naturschänder sei er, ein Egoist, ein Kapitalistenschwein. Sogar eine Demo haben sie gegen ihn organisiert, einen lächerlichen Umzug mit Plakaten und Spruchbändern rund um den See. Er hatte in aller Ruhe auf seinem Bot gesessen und ihnen zugesehen, während sie zwei Stunden lang gebraucht hatten, den See zu umrunden. Gab es etwas, das lächerlicher war? Konnte man sich mehr blamieren? Die Zeit, in der man etwas mit Demos ausrichten konnte, mit diesem dämlichen Studentengehabe, war auch längst vorbei.
Sollten sie doch gegen ihn sein, sollten sie von ihm halten, was sie wollten! Seine Datsche am See war schon vorher durch eine Alarmanlage gesichert, es kam niemand rein. Auch sie nicht. Und dann gab es da noch einen anderen Ort, einen herrlich verschwiegenen, den außer ihm nur noch eine Person kannte, niemand sonst. Aber die meiste Zeit verbrachte er sowieso auf seinem

Boot. Ja, hier war er sicher, hier konnte ihm keiner etwas anhaben. Wer sollte auch etwas gegen ihn ausrichten? Niemand, denn das Recht war eindeutig auf seiner Seite.
Und jetzt, wo er ihnen den Zugang versperrt hatte, war es auch noch herrlich ruhig am See. Viel besser, als wenn dauernd irgendwelche Leute im Wasser rumplanschten und kreischten. Das hatten sie davon. Es ging sogar noch besser ohne sie als mit ihnen. Ob sie das bedachten?
Obwohl, wenn er an die Pacht dachte, bedauerte er es auch ein wenig. Geld konnte man immer gebrauchen, Effizienz gehörte ebenfalls zu seinen Prinzipien. Er schüttelte den Kopf. Was dachte er da? Es war gut so, wie es war. Und es war auch nicht so, dass alle gegen ihn waren. Nein, alle im Dorf waren nicht gegen ihn und ganz besonders nicht die Person, auf die es ankam. Er freute sich auf morgen, wenn er sie treffen würde. Das allein zählte, nicht das Gequatsche der anderen.
Eine Windbö erfasste plötzlich das Boot und brachte es zum Schaukeln. So unverhofft kam der Stoß, dass er sich an der Reling festhalten musste. Ja, das gab es manchmal hier, plötzlich einfallende Winde, die von den Feldern herüberwehten. Das Boot schaukelte, der Wald vor und hinter ihm rauschte. Er schaute hinüber und bemerkte plötzlich, dass sich dort Zweige eines Gebüsches gegen die Windrichtung bewegten. Nein, das konnte nicht sein, er musste sich verguckt haben.

Und doch war es so gewesen, gebannt schaute er zu dem Gebüsch hinüber.
Er verstand nicht, was das zu bedeuten hatte. Die Bö war von den Feldern herübergekommen, nur daher. Wie konnten sich Zweige gegen die Windrichtung bewegen?
Ach Gott, er sollte das lassen, seine kleinlichen Beobachtungen. Was spielte es für eine Rolle, in welche Richtung sich die Zweige eines Gebüsches bewegen? Eine Lappalie war das, nichts, worüber es sich lohnte, auch nur einen Gedanken zu verschwenden.
Das Boot hatte aufgehört zu schaukeln, er konnte die Reling loslassen, der See zeigte wieder sein Farbenspiel in der untergehenden Sonne.
Plötzlich, wie aus dem Nichts, ertönte ein furchtbarer Knall. Er kam aus Richtung des Gebüsches, dessen Zweige sich gerade so merkwürdig gebogen hatten. Der Knall hallte nach über dem Wasser, wie eine Welle schien er sich auszubreiten über dem See. Staunend lauschte er, wie der Hall verklang, dann blickte er hinüber zu dem Gebüsch.
Erst in dem Moment spürte er einen stechenden Schmerz. Ob der Knall etwas mit dem Schmerz zu tun hatte? Er griff sich an die Leiste, spürte eine warme Flüssigkeit an der Hand und bekam einen furchtbaren Schreck. Um Gottes Willen, stand da jemand hinter dem Gebüsch und zielte auf ihn? Ob sie das wagen würden, auf ihn zu schießen, ob das einem von ihnen

zuzutrauen war? Egal, er konnte die Frage jetzt nicht beantworten. Blut breitete sich neben der Reling aus, er konnte jetzt nur eines tun, nämlich abtauchen unter Deck, so schnell wie möglich. Er richtete sich nicht auf, um hinüberzulaufen, sondern ließ sich nach vorn fallen und versuchte, auf dem Bauch rutschend zur Kajüte zu gelangen. So, das wusste er, gab er kein so gutes Ziel ab für einen zweiten Schuss. Es ging mühsam, aber er kam voran, langsam, sehr langsam kam er der Treppe näher, die zur Kajüte führte. Noch zwei, noch einen Meter, dann hätte er es geschafft.

In dem Moment ertönte ein zweiter Knall. Diesmal spürte er den Schmerz unterhalb der Schulter sofort. Verzweifelt bäumte er sich auf, fiel dann nach vorn, versuchte wieder, weiterzurutschen, aber es gelang ihm nicht mehr. Er konnte sich nicht bewegen, so sehr er es auch versuchte. Im letzten Moment konnte er sich an der Kajütenwand festhalten, um nicht zur Seite zu rutschen und ins Wasser zu fallen. Das war das Letzte, was er an den Händen spürte. Die Kajütenwand, die ihm für einen Moment Halt bot. Dann wurde ihm schwarz vor Augen, pechschwarz. Schlaff fielen seine Hände auf das Deck.

## 2.

Bernhard Völkel hatte den Vortrag, den er vor einigen Jahren an der Polizeischule in Lünen-Bork gehalten hatte, längst vergessen. Erst ein Anruf, der ihn völlig überraschend erreichte, brachte die Erinnerung zurück. Ja, richtig, um Verhörmethoden war es damals, als er vor gut zwanzig Polizeibeamten referiert hatte, gegangen. Um Strategien, wie man Vertrauen beim Verdächtigen aufbaute und dadurch eine Mauer des Schweigens durchbrach. Und wenn dies nicht gelang, welche Tricks es gab, selber Ruhe zu bewahren und Schritt für Schritt vorzugehen, bis sich der Verdächtige in Widersprüche verwickelte und man ihn auf diese Weise überführen konnte. Nach und nach fiel ihm wieder ein, was er damals erzählt hatte. Selbst die Beispiele aus seinem Arbeitsalltag, die er zur Veranschaulichung erzählt hatte, waren ihm plötzlich wieder präsent. Er staunte selbst. Ja, sein Gedächtnis funktionierte noch.
Aber ohne den Anruf, der ihn so unvermittelt am späten Sonntagnachmittag erreichte, wäre er nie auf all die Einzelheiten gekommen. Er hatte sich gerade die Jacke angezogen, um in eine Kneipe ganz in der Nähe seiner Wohnung zu gehen, da hatte plötzlich das Telefon geklingelt. Nanu, wer konnte das denn sein? Borussia bestritt gleich die letzte Partie dieses Spieltages, ein Auswärtsspiel in Hannover. Alle, die Völkel kannten, wussten, dass er dann nicht gestört werden wollte. Vor

allem wussten sie, dass es unwahrscheinlich war, ihn überhaupt zu Hause anzutreffen. Sein Sohn Rolf nahm genauso Rücksicht auf seine Fußballleidenschaft wie seine Tochter Kathrin, die in Düsseldorf wohnte und sogar wusste, in welcher Kneipe er sich die Spiele ansah. Einmal hatte sie ihn dort sogar angerufen, um ihm zum Sieg von Borussia zu gratulieren. Natürlich nur, um sich über seine Leidenschaft lustig zu machen. Nein, von seinen Kindern und von seinen Freunden konnte das keiner sein. Völkel merkte, wie er neugierig wurde.

„Seiler“, hörte er eine männliche Stimme, als er den Hörer abnahm, „Arno Seiler, Kriminalhauptkommissar in Wittenberg.“

Wittenberg, dachte Völkel, was habe ich mit Wittenberg zu tun? Und an einen Mann namens Seiler erinnere ich mich schon gar nicht.

Seiler erzählte ihm, dass er einer der Zuhörer bei dem Vortrag in Bork gewesen sei. Er wäre damals Gast bei der Kripo Bochum gewesen und hätte zusammen mit den Bochumer Kollegen an der Veranstaltung teilgenommen.

„Das waren noch die Zeiten, als man im Westen meinte, den Ossis alles erklären zu müssen. Auch jede Kleinigkeit bei der Polizeiarbeit.“

Er lachte, Völkel musste ebenfalls schmunzeln, obwohl ihm nicht klar war, warum der Mann ihm das erzählte. Was soll das jetzt, dachte er und schaute auf die Uhr.

In wenigen Minuten war Anstoß. Hoffentlich kam er aus dieser Nummer rechtzeitig raus. Aber dann sagte der Mann einen Satz, der Völkel hellhörig werden ließ.
„Sie glauben gar nicht, wie oft ich Ihre Strategien und Taktiken seither eingesetzt habe, Herr Kollege, und mit wie viel Erfolg. Aber jetzt habe ich einen Fall, da treffe ich auf eine Mauer des Schweigens.“
„Auf eine Mauer des Schweigens? Was soll das denn heißen?“
„Dass jetzt bei einem Mord ein ganzes Dorf unter Verdacht steht und niemand auch nur das Geringste aussagt. Wie ich auch vorgehe, welchen von Ihren Tricks ich auch anwende, ich stoße immer nur auf eine Mauer. Es ist einfach unmöglich, auch nur an einen von denen ranzukommen.“
„Das gibt es gar nicht“, entfuhr es Völkel, „doch nicht mit einem ganzen Dorf!“ Im selben Moment merkte er, dass er mit diesem Einwand seinen Anrufer kritisierte, und das hatte er auf gar keinen Fall vorgehabt. Um Gottes Willen, wenn der ihm das jetzt krummnahm! Aber Seiler schien seinen Einwand gar nicht so zu sehen.
„Das habe ich bisher auch geglaubt“, entgegnete er. „Bei so vielen Zeugen oder Verdächtigen, habe ich gemeint, da muss es einfach gelingen, eine Bresche in die Phalanx zu schlagen.“
„Genau!“, rief Völkel schnell, um von seinem Ausruf abzulenken.

„Aber denkste. Nichts ist möglich. Es ist wie eine Mauer aus Beton. Da ist einfach kein Durchkommen."
„Wer ist denn ermordet worden?"
„Ein Dr. Wulf Nölthing, Unternehmensberater aus Frankfurt am Main."
Keine Aussage, die besondere Sympathiewerte bei Völkel auslöste. Das waren doch diese Typen, die ganze Firmen schließen ließen, ohne mit der Wimper zu zucken, nur weil es sich angeblich nicht rechnete. Er blickte hinüber zu seiner Uhr neben der Bücherwand. Genau in diesem Moment war Anpfiff.
„Ich bin aber gar nicht mehr im Dienst", sagte er und hatte die Hoffnung, dadurch möglichst schnell zu Ende zu kommen. „Ich hatte eine Schussverletzung, die mich zum Ausscheiden aus dem Dienst gezwungen hat."
„Ich weiß", antwortete Seiler, „einer der Bochumer Kollegen, mit dem ich noch in telefonischem Kontakt stehe, hat es mir gesagt, schon vor Monaten. Tut mir leid, was da mit Ihnen passiert ist."
„Oh, das muss Ihnen nicht leidtun", erwiderte Völkel, „ich habe mich inzwischen an den Ruhestand gewöhnt." Er achtete genau auf seine Stimme, während er das sagte. Nein, sie verriet nicht, dass er nicht die ganze Wahrheit gesagt hatte. „Da weiß ich jetzt auch nicht, wie ich Ihnen helfen kann."
„Wittenberg ist schön", entgegnete Seiler.
Völkel verstand zuerst nicht, was er damit meinte. Was hatte die Schönheit von Wittenberg mit diesem merk-

würdigen Fall zu tun? Erst als Seiler fortfuhr, durchschaute er dessen Absicht.

„Haben Sie schon mal das Lutherhaus gesehen, die Schlosskirche mit der Bronzetür, an die Luther die 95 Thesen genagelt hat, den berühmten Cranachaltar? Wittenberg ist die Hauptstadt des Protestantismus. Ungefähr das, was für die Katholiken Rom ist. Nur ein bisschen kleiner."

Völkel musste grinsen bei diesem Satz. Wittenberg mit Rom zu vergleichen, dafür musste man schon ein gehöriger Lokalpatriot sein.

Er hatte verstanden und dachte nach. Die letzten Tage waren langweilig gewesen. An einem Abend hatte er sich mit zwei ehemaligen Kollegen zum Skat getroffen, einem Spiel, dem er noch nie viel abgewinnen konnte. Er hatte auch nur deshalb mitgemacht, weil nichts anderes los gewesen war. Ein paar Mal war er morgens durch den Tierpark gelaufen und hatte im dortigen Café gefrühstückt, das tat er immer noch gerne. Aber richtig spannend war das alles nicht. Für zwei Tage war er deshalb nach Düsseldorf zu seiner Tochter Kathrin gefahren, vor allem, um mal wieder seinen Enkel Patrick zu sehen. Ansonsten waren die Tage mit Einkaufen, Lesen und Fernsehen vergangen. Waren dahingeplätschert, ohne dass er es richtig bemerkt hatte.

Warum also nicht Wittenberg, dachte er. Immerhin die Hauptstadt des Protestantismus, die man gesehen haben sollte. Schließlich war er evangelisch, wenn auch kein Kirchgänger. Und die Neugier, ob man von einem ganzen Dorf nicht doch wenigstens einen Einzigen zum Sprechen bringen konnte, war plötzlich auch in ihm erwacht. So was gab es doch gar nicht, dass ein ganzes Dorf schwieg. Der Kollege musste Fehler machen.

Er atmete tief durch. „Na gut, wenn Sie glauben, dass Sie meine Hilfe gebrauchen können, dann komme ich."

Am anderen Ende der Leitung ertönte ein Lachen.

„Ich wusste es", rief Seiler, „jemand, der mit so viel Herzblut Polizist war wie Sie, kann nicht von einem Tag zum anderen aufhören. Der bleibt der Sache noch lange verbunden"

Völkel konnte nur gequält lächeln, irgendwie fühlte er sich durchschaut. Egal, er hatte zugesagt, jetzt ließ sich nichts mehr daran ändern. Und wozu auch, dachte er, das Angebot war doch verlockend.

„Wenn ich morgen ganz früh losfahre, was glauben Sie, wie lange ich bis zu Ihnen brauche?"

„Gut vier Stunden. Mit einer kleinen Pause etwas länger."

„Dann bin ich gegen Mittag in Wittenberg."

„Nein, kommen Sie an den Sundner See", antwortete Seiler. „Der ist ganz in der Nähe, dann sind wir gleich am Tatort und ich kann Ihnen die Hintergründe nicht nur erklären, sondern auch gleich zeigen."

„Ist gut. Ich suche den Ort bei Google raus.“ Völkel verabschiedete sich rasch. Wenn er sich beeilte, konnte er wenigstens noch den Schluss der ersten Halbzeit sehen. Meistens passierte am Anfang noch nicht viel, es war die Phase, in der sich die Mannschaften abtasteten und nach Schwachstellen beim Gegner suchten. Wenn es diesmal auch so wäre, hätte er nicht einmal viel verpasst.

Trotzdem, bevor er losging, rief er noch bei Kathrin an. Sie machte sich seit seinem Unfall Sorgen um ihn, deshalb wäre es unfair, wenn er eine längere Reise unternahm, ohne sie davon in Kenntnis zu setzen. Natürlich durfte sie den wirklichen Anlass nicht erfahren, sonst würde sie sofort versuchen, es ihm auszureden. Es war aber gar nicht seine Tochter, die den Hörer abnahm, sondern sein Enkel Patrick. Mama bringe gerade den Müll in den Keller, erklärte er. Umso besser, dachte Völkel, dann soll Patrick ihr bestellen, was ich vorhabe.

„Opa fährt morgen für zwei oder drei Tage nach Wittenberg, kannst du das Mama mitteilen?“

„Klar kann ich das. Aber mach keinen Unsinn“, antwortete der Kleine.

Völkel glaubte im ersten Moment, nicht richtig gehört zu haben.

„Keinen Unsinn?“, fragte er dann. “Wie kommst du denn darauf, dass ich Unsinn machen könnte?“

„Weil Mama das manchmal sagt. Opa macht schon mal Unsinn, sagt sie, deshalb muss ich auf ihn aufpassen.“

Völkel hatte Mühe, ein Lachen zu unterdrücken. Gleichzeitig tat ihm der Satz gut. Ja, es gab jemanden, der besorgt um ihn war. Jeder brauchte so eine Person, aber nicht jeder hatte eine.

## 3.

Es war gegen halb eins, als Völkel neben Arno Seiler am Ufer des Sundner Sees stand. Er war tatsächlich ohne Stau durchgekommen, einschließlich einer kurzen Kaffeepause in einer Raststätte hatte die Fahrt etwas mehr als viereinhalb Stunden gedauert. Trotzdem war er ein wenig erschöpft, die Ruhe hier am See nach all dem Straßenlärm tat ihm jetzt gut.

Seiler war ein schlanker, knapp vierzigjähriger Mann, der fast einen Kopf größer war als Völkel, was aber nichts zu bedeuten hatte. Von der Generation nach ihm, hatte Völkel festgestellt, waren fast alle Männer größer als er. Seiler trug ein graues Jackett, dazu eine schwarze Hose. Im Vergleich dazu kam Völkel sich underdressed vor in seiner Jeans und seiner schwarzen, leicht abgewetzten Lederjacke. In Dortmund würde er damit nicht auffallen, aber ob das auch für Ossiland galt?

Egal, er schaute auf den See. Die Sonnenstrahlen spiegelten sich im kräuselnden Wasser. Direkt dahinter lag noch ein Stück des Waldes, links davon breiteten sich,

so weit er sehen konnte, Felder aus. Eine Idylle, fand er, aber nur fast, denn was Seiler ihm erzählte, passte nicht dazu.
„Da drüben“, sagte Seiler und zeigte auf die Jacht, die gut hundert Meter von ihnen entfernt in Ufernähe lag, „auf dem Boot ist Nölthing ermordet worden. Es lag allerdings während der Tat nicht dort, sondern etwa fünfzig Meter vor uns auf dem See. Wir haben es nach der Spurensuche dorthin schleppen lassen.“
Völkel merkte, dass Seiler eine ruhige, fast sanfte Stimme hatte. Also gehörte er vermutlich nicht zu den Harten, die eher vorpreschten statt nachzudenken. Dann war er einer von denen, die lieber einmal mehr als einmal zu wenig nachdachten. Schober, mit dem er in Dortmund zusammengearbeitet hatte, war auch so ein Typ gewesen, deshalb hatte Völkel ihn gern als Kollegen gehabt. Auch Schober wusste, dass übergroße Zaghaftigkeit bei der Kripo genauso falsch war wie vorschnelles Losschlagen. Auf die richtige Mischung kam es an.
Er blickte hinüber zur Jacht, die ein wirkliches Prachtboot war. Viel zu groß für diesen beschaulichen See.
„Nölthing war geschieden“, erklärte Seiler weiter. „Er war knapp sechzig Jahre alt und hatte einen erwachsenen Sohn. Sonst gibt es nichts Aufregendes über sein Privatleben zu berichten.“
„Außer, dass er viel Geld hatte.“

„Stimmt. Aber nicht nur Geld, sondern vor allem eine lukrative Firma. Je größer die Wirtschaftskrise, desto mehr kann man mit Beraterfirmen verdienen.“ Seiler schwieg einen Moment lang, damit Völkel Zeit hatte, die Informationen zu verarbeiteten.

„Erschossen?“, fragte Völkel dann.

Seiler nickte und zog ein Foto aus der Innentasche seiner Jacke, das einen toten Mann von etwa sechzig Jahren zeigte. Offensichtlich war es in der Pathologie aufgenommen worden, denn der Mann lag auf einer Bahre. Er hatte eine schmale, vorstehende Nase, eine faltige Stirn und kurze, graue Stoppelhaare. Der Körper war kräftig, aber nicht dick, die Haut war gebräunt. Eine gepflegte Erscheinung, dieser Nölthing, stellte Völkel fest.

Er reichte das Foto zurück und blickte sich um. „Dann hat der Täter hier irgendwo gestanden.“

Seiler nickte wieder und steckte das Foto ein. „Genau, deshalb habe ich Sie an diesen Ort geführt. Hier irgendwo muss er gestanden haben. Es ist zweimal auf ihn geschossen worden. Der erste Schuss hat ihn verletzt, der zweite war tödlich.“

„War er allein auf seinem Boot?“

„Das nehmen wir an, denn es hat sich kein Tatzeuge gemeldet. Und das müsste ja wohl geschehen, denken wir. Natürlich gab es dort jede Menge Fingerabdrücke, aber keine, die wir bis jetzt zuordnen konnten. Außerdem herrschte in der Kajüte ziemliches Durcheinander.

Eine Schlafkoje war zerwühlt, außer einem Oberbett lag da noch eine Decke. Auf einer Bank lag auch noch ein platt gedrücktes Kissen. Aber Gegenstände, die einer zweiten Person gehören könnten, haben wir nicht gefunden."

„Männerwirtschaft", sagte Völkel. „Bei mir liegt auch manches tagelang rum, bevor ich es wegräume."

Seiler nickte. „Vermutlich. Die Tat ist deshalb aufgefallen, weil hier zufällig ein Wanderer vorbeikam, der Nölthing merkwürdig verdreht auf dem Boot hat liegen sehen, was seine Aufmerksamkeit erregte. Als er dann auch noch die Blutspur an der Außenwand bemerkte, hat er über Handy die Polizei gerufen."

„Ist ihm sonst etwas aufgefallen?"

Seiler schüttelte den Kopf. „Nichts. Der Mord muss, nach allem, was wir inzwischen wissen, gut zwei Stunden vorher passiert sein. Zeit genug für den Täter, um Spuren zu verwischen und abzuhauen."

„Also keine brauchbaren Hinweise?"

„Fußspuren, aber nur undeutliche. Die Uferböschung ist hier fest, wie Sie sehen. Das würde uns aber sowieso nicht weiterhelfen, denn hier kommen immer Wanderer vorbei, nicht viele zwar, aber ab und an mal einer. Wie sollen wir da feststellen, welche Spur zu wem gehört? Der Täter hat seinen Tatort sorgfältig ausgesucht."

Völkel hatte es vermutet. Er blickte zu der Weide hinüber, deren Ruten bis ins Wasser hingen. Seiler bemerkte seinen Blick.
„Genau das, was Sie jetzt denken, vermuten wir auch", sagte er und zog Völkel dorthin. Völkel merkte, dass die Weidenruten wie ein Vorhang wirkten. Vom Wasser aus musste jeder, der hier stand, unsichtbar bleiben, während man umgekehrt durch den Vorhang hindurch aufs Wasser blicken konnte. Und nicht nur blicken, auch schießen konnte man von hier aus ungesehen.
„Ich verstehe noch nicht, wieso Nölthing so ein Boot auf diesem See hatte. Eine Jacht wie diese würde ich auf der Nordsee erwarten oder auf dem Mittelmeer. Da sogar noch eher." Er schaute in die Runde. „Und außerdem sieht es so aus, als wenn es das einzige Boot weit und breit wäre. Als wäre außer Nölthing noch niemand auf die Idee gekommen, hier mit einem Boot rumzuschippern. Komisch." Er schüttelte den Kopf.
„Das eine stimmt, das andere nicht", erwiderte Seiler.
„Was stimmt, was nicht?"
„Dass Nölthings Boot das einzige auf dem See ist, stimmt. Aber früher gab es hier mehrere Boote."
Er schwieg wieder, Völkel spürte, wie er nervös wurde. Herrgott, warum war der Typ so umständlich? Warum ließ er sich seine Erklärungen so mühsam entlocken? Es wirkte ja geradeso, als wollte er ihn auf die Folter spannen. Seiler schien seine Gedanken zu erraten, denn er lächelte plötzlich.

„Es gab so lange Boote auf dem See, bis Nölthing kam. Dann mussten alle bis auf seines verschwinden, denn er hat den See gekauft."
„Den See gekauft?" Völkel glaubte, nicht richtig gehört zu haben. „Aber man kann doch nicht einen ganzen See kaufen!"
Seilers Gesicht wurde plötzlich sehr ernst. „Doch, das kann man", sagte er. „Und wenn Sie aus dem Osten stammten, würden Sie sich auch nicht darüber wundern. Hier sind nach der Wende mehrere Seen an Privatpersonen verkauft worden."
Völkel schüttelte mit dem Kopf. Warum hatte er davon noch nichts gehört?
„Der See und die Felder dort hinten haben mal zu einem Gut gehört, das zu DDR-Zeiten geeignet wurde. Kollektivierung der Landwirtschaft nannte man das, Sie verstehen. Nach der Wende hat die Gutsfamilie die Rückgabe erstritten. Die Prozesse haben viel Geld verschlungen, da hat sie nur die Felder behalten und den See verkauft. Sie hat ihn zuerst dem Dorf angeboten, aber die Leute dort hatten nicht genug Geld." Seiler zeigte, während er das sagte, in Richtung des Dorfes, das Völkel schemenhaft am Ufer links von ihm entdeckte.
„Wahrscheinlich ist das fehlende Geld aber nur ein Teil der Wahrheit", fuhr Seiler fort. „Die Leute im Dorf haben das Angebot nicht ernst genommen. Der See hat zu ihrem Leben gehört, so lange sie denken können. Sie

haben darin gebadet, wann immer sie wollten, sie sind darin getaucht, hatten Boote darauf, warum sollten sie ihn dann plötzlich kaufen? Das lief alles nicht nur seit DDR-Zeiten so, das war auch früher, zu Zeiten der Gutsfamilie, nicht anders."

Völkel begriff plötzlich. Die Leute lebten mit diesem See und dann kam dieser neue Besitzer und alles wurde anders. Ihr See war plötzlich nicht mehr ihrer, er gehörte einem reichen Wessi.

Sie gingen hinüber zu dem Boot, um es sich anzusehen. Ohne sich Schuhe und Strümpfe nass zu machen, kam Völkel aber nicht darauf. Seiler ging vor, kletterte am Heck hoch und zog Völkel nach. Das Hochstemmen fiel ihm schwer, er musste sich mächtig anstrengen. Für einen Moment schmerzte wieder seine Schusswunde in der Brust.

Das große Steuerrad war angekettet, stellte Völkel fest. Vermutlich hatte das die Polizei veranlasst, damit niemand es entwenden und auf dem See rumschippern konnte. Die Kajüte aus dunklem Holz war geräumig. Ein kleiner Tisch stand darin, an zwei Seiten umgeben von einer Bank aus weißem Leder. Das platt gedrückte Kissen lag noch immer darauf. Gegenüber stand ein kleines Schränkchen, darauf ein großer Flachbildschirm, an der Wand verschraubt. Daneben befanden sich zwei Kojen, eine mit zerwühlter Bettdecke und Kopfkissen. Eine Decke, wie Seiler erzählt hatte, lag nicht mehr darauf, vermutlich hatte die Spurensuche sie mitgenommen. Hinweise, dass noch eine zweite Person an Bord gewesen war, konnte Völkel nicht finden. Also stimmte wohl Seilers Vermutung. Als er an den Tisch fasste, merkte er, dass er sich nicht bewegen ließ. Klar, an Bord waren alle Möbel verankert. Dass er nicht daran gedacht hatte, bewies nur, wie wenig Ahnung er von Booten hatte. Auf die Idee, auf einem See rumzuschippern, war er bisher auch nicht gekommen. Erst jetzt, wo er die edle Ausstattung sah, wurde ihm klar, dass man es sich auf einem solchen Boot gemütlich machen konnte.

Wenig später saßen sie auf zwei Klappstühlen am Heck. Rechts neben Völkel lag ein Schlauchboot. Seiler zeigte darauf.

„Damit ist Nölthing ans Ufer gerudert und hat es dann mitgenommen in seine Datsche, wenn er seine Touren über den See beendet hatte. Sein Boot hat er am liebsten weit weg vom Ufer vor Anker gelegt, da schien es ihm am sichersten zu sein. Es gibt aber auch in der Nähe seiner Datsche am Dorfrand einen Steg mit einem Bootshaus. Dort hat er aber nach Aussagen der Dörfler selten geankert."

„Vermutlich hatte er allen Grund dazu, es auf diese Weise zu sichern."

Seiler nickte. „Man hätte es ihm beschmieren oder beschädigen können. Vor allem, seit er den Dörflern verboten hat, im See zu schwimmen. Vorher hat er ihnen allerdings angeboten, den breiten Uferstreifen mit Liegewiese vor ihrem Dorf zu pachten. Das Ufer fällt dort flach ab, ein idealer Ort, um zu baden. Aber das haben die Dörfler abgelehnt, mit der gleichen Begründung wie den Kauf des Sees. Sie haben dort immer gebadet, haben sie gesagt, warum sollten sie plötzlich dafür bezahlen? Das hat sich dann hochgeschaukelt, es hat wohl auch Beschimpfungen gegeben, bis Nölthing das Ufer eingezäunt und die Leute vom See abgeschnitten hat. Danach muss es erst recht Theater gegeben haben, denn Nölthing hat ihnen anschließend auch noch verboten, im See zu tauchen. Und ihre Motorboote mussten auch verschwinden."

Er schwieg wieder einen Moment lang, um Völkel Zeit zu geben, die Informationen zu verarbeiten.

„Wollen Sie das Bootshaus sehen?"

Völkel winkte ab. Was sollte das bringen? „Sie haben es doch sicher schon gemacht", sagte er.

Seiler nickte wieder. „Stimmt. Ein normales Bootshaus, viel zu klein für diesen großen Kahn. Vermutlich hat Nölthing gar nichts mehr damit anfangen können. Vor allem haben wir uns deshalb die Datsche angesehen. Wir wollten sehen, wie Nölthing gelebt hat."

„Und?", fragte Völkel.

„Nichts Besonderes. Ein normales Ferienhaus, natürlich gut eingerichtet. Aber nicht protzig."

„Das Boot hat wahrscheinlich gereicht für seine Luxusansprüche."

„Sieht so aus."

Sie schwiegen einen Moment lang.
„Der See ist übrigens ein ideales Tauchgebiet", sagte Seiler dann. „In Reiseführern und Zeitschriften wird er für seinen Fischreichtum gerühmt. Aber Tauchen ist ja auch nicht mehr möglich."
„Ja, dann ..." Völkel zögerte einen Moment, bevor er weitersprach. „ ... dann ist ja klar, wo der Mörder steckt."
„Für mich auch." Seiler nickte. „Aber die Leute halten wie Pech und Schwefel zusammen, ich finde keinen Hinweis auf den Täter. Da ist einfach kein Durchkommen."
„Aber das gibt es doch gar nicht!" Völkel schüttelte heftig den Kopf. „Bei so vielen Leuten muss man doch ein paar rausschälen können, die sich in Widersprüche verstricken. Bei denen muss man dann ansetzen."
Seiler nickte. „Richtig, das sehe ich genauso. Aber was immer ich frage, wo immer ich ansetze, ich komme einfach nicht weiter. Das ganze Dorf mauert. Angeblich haben sie nichts gesehen, nichts gehört und vor allem hat keiner den geringsten Verdacht. Und Alibis geben sie sich gegenseitig. Da sind Sie mir wieder eingefallen mit Ihrem Vortrag damals. Vielleicht, habe ich gedacht, hat der Völkel noch einen Trick drauf, mit dem ich weiterkomme. Einen, den er damals erklärt hat und den ich vielleicht vergessen habe."
Ein Trick, dachte Völkel und unterdrückte ein Grinsen, um Seiler nicht zu verunsichern, ein Trick ist in diesem

Fall wirklich nicht nötig. Da wird sich schon einer finden lassen, der aus der Reihe tanzt. Seiler schien seine Gedanken zu erraten.

„Kommen Sie", sagte er, „sie sollen selbst erfahren, wie es ist."

Völkel zögerte nicht lange. Jetzt war er schon so weit gefahren, da konnte er sich die Sache auch aus der Nähe ansehen. Außerdem hatte Seilers Bericht seine Neugier geweckt. Ein ganzes Dorf, das zu einem Mordfall schwieg, und ein Opfer, das einen See für sich allein beanspruchte, von so einem Fall hatte er noch nie gehört.

Sie gingen zurück zu seinem alten Bora, Seiler hatte seinen Passat ganz in der Nähe geparkt. Völkel fuhr hinter ihm her. Kurz darauf kamen sie im Dorf an, das, von zwei, drei kleinen Nebenstraßen abgesehen, vor allem aus einer einzigen Hauptstraße bestand, die sich am See entlangzog. In der Mitte führte sie an einem Platz vorbei, an dessen oberem Ende eine kleine Kirche stand. Hinter der Kirche lag der Friedhof, wie Völkel an den Kreuzen und Gedenksteinen bemerkte. Das größte Haus stand an der Hauptstraße, der Kirche direkt gegenüber. Es war eine Gastwirtschaft mit Hotelbetrieb.

Klar, dachte Völkel, die Kirche mitten im Dorf und die Kneipe direkt nebenan, anders war das in den Dörfchen im Sauer- oder Münsterland auch nicht. Sie gingen um die Gastwirtschaft herum und stießen auf eine Terras-

se, die sich zum See hin öffnete. Tischchen und Stühle standen unter Sonnenschirmen, nebenan glitzerte der See. Völkel spürte plötzlich, dass er Hunger hatte.
„Können wir hier was essen?“
Seiler nickte. Erst, als sie an einem der Tische saßen, bemerkte Völkel den hohen Maschendrahtzaun, der den Weg zum See versperrte. Irritiert blickte er hinüber. Nein, schön war der Anblick wirklich nicht. Im Gegenteil, Völkel begann zu verstehen, dass die Leute verärgert waren. Wenn ihm jemand so ein hässliches Ding vor die Nase stellen und den Blick auf den See verstellen würde, wäre er auch sauer.
Seiler hatte seinen Blick bemerkt, sagte aber nichts. Ein Mann trat an ihren Tisch, etwas über vierzig Jahre alt, schlank, mit braunem Teint. Völkel bemerkte, dass er Abstand zu ihnen bewahrte und Seiler, vor allem aber ihn misstrauisch ansah.
„Was darf ich Ihnen bringen?“
Fisch, wollte Völkel zuerst antworten, bringen Sie mir gebratenen Fisch aus dem See dort drüben. Aber er unterließ es, er wollte nicht gleich mit der Tür ins Haus fallen.
„Wenn Sie richtig Hunger haben, kann ich Ihnen das Rindsgulasch mit Klößen empfehlen“, sagte Seiler, „das schmeckt hier wirklich vorzüglich.“
„Ja, warum nicht“, antwortete Völkel, „mal wieder was richtig Deftiges, das kriege ich zu Hause nicht.“

„Sie auch, Herr Seiler?“, fragte der Mann. Seiler schüttelte den Kopf. „Nur ein Glas Mineralwasser.“
Völkel bestellte sich ein Bier. Warum nicht. Er konnte sich gleich hier ein Zimmer nehmen, dann musste er nicht mehr fahren und wäre sofort mitten im Geschehen. Einen Moment zögerte der Mann noch, als er die Bestellung aufgenommen hatte.
„Ist noch was?“, fragte Völkel.
„Nein, nichts.“
Im nächsten Moment drehte er sich um und entfernte sich. Klar, er kannte Seiler, dachte Völkel. Seiler hatte ihn bestimmt schon zu dem Mord befragt, vermutlich war er deshalb so misstrauisch, auch ihm gegenüber. Wer ist der zweite Mann, schien er sich zu fragen.
Als Völkel dem Mann nachschaute, entdeckte er durch die offene Tür im Hintergrund der Gastwirtschaft eine junge Frau. Sie stand hinter der Theke und spülte Gläser. Etwa zwanzig Jahre alt war sie, ihr schwarzes Haar war kurz geschnitten, ihre Augen funkelten dunkel. Sie hatte eine schlanke Figur mit ausgeprägtem Busen. Hübsch, dachte Völkel, sehr hübsch sogar, aber vielleicht wäre sie Völkel trotzdem nicht aufgefallen, wenn er nicht plötzlich ihren Blick gespürt hätte, der auf ihn gerichtet war. War sie interessiert an den beiden neuen Gästen oder war sie ebenfalls misstrauisch? Egal, es fiel ihm schwer, sich von dem Anblick zu lösen, richtig gelang es ihm erst, als Seiler ihn ansprach.

„Das war Theo Homann“, erklärte er. „Er ist der Wirt und vor allem der Hotelbesitzer. Homann leidet besonders unter Nölthings Verboten. Vor allem von den Gästen, die im See badeten oder tauchten, hat er gelebt. Aber diese Leute bleiben jetzt weg. Restaurant und Hotel sind leer, ich weiß nicht, wie er das finanziell durchhalten will.“

Das ist es doch, dachte Völkel. Zähle mal zwei und zwei zusammen, dann hast du deinen ersten Verdächtigen.

Seiler schien seine Gedanken zu erraten.

„Homann hat sich anfangs im Dorf keine Mühe gegeben, seine Wut auf Nölthing zu unterdrücken“, erklärte er. „Aber vor ein paar Wochen hat er begonnen, sich mit Kritik zurückzuhalten, ganz plötzlich, fast von einem Tag auf den anderen. Das haben mir alle bestätigt.“

„Und warum?“

Seiler zuckte mit den Schultern. „Weiß ich nicht. Das hat mir niemand anderer erklären können. Vielleicht, weil er gemerkt hat, dass es sowieso nichts bringt.“

„Oder weil er was vorhatte mit Nölthing und sich nicht von vornherein verdächtig machen wollte. Zum Beispiel ihn …“

„Kann sein.“ Seiler nickte. „Daran habe ich auch gedacht. Aber er streitet alles ab. Mit dem Mord, sagt er, habe er nichts zu tun. Auch die anderen im Dorf bestätigen das. Keiner hat Homann am Tatort gesehen, mehrere geben ihm für die Tatzeit ein Alibi.“

Völkel wusste nicht, was er weiter fragen sollte. Er hatte den Fall noch nicht richtig verstanden, merkte er, sonst würde er wissen, an welcher Stelle er nachbohren müsste.

Ruhig lag der See vor ihnen, sehr ruhig. Im Hintergrund der Wald, gegenüber die Felder, so weit das Auge blickte. Wirklich eine Idylle, wenn der Zaun nicht vor ihm stünde. Und wenn vor allem die Mordgeschichte nicht wäre, die er jetzt unbedingt verstehen wollte. Völkel war neugierig geworden, sein alter Spürsinn war erwacht.

Seiler erzählte, bis das Essen kam, dass in Wittenberg, wo er eigentlich arbeite, wenig passiere. An einen Mord könne er sich gar nicht erinnern, Raubüberfälle gäbe es schon mal, ab und an Rechtsradikale, die durchdrehen, das sei es auch schon. Gut und schlecht zugleich wäre das. Gut, weil die Arbeit sich in Grenzen halte, schlecht, weil es manchmal langweilig sei. Eigentlich stamme er aus Stralsund. Wittenberg sei schön, aber die Ostsee und vor allem Rügen vermisse er sehr. Wenn sich mal die Gelegenheit ergebe, würde er dorthin zurückkehren.

Völkel erwiderte nichts, sondern nickte nur ab und an. Ein Mann saß vor ihm, der noch berufliche Pläne hatte, seine dagegen waren längst vorbei. Er versuchte, sich über seine Gefühle klar zu werden. Machte es ihn traurig, dass hier jemand über seine Zukunft nachdachte, die er selbst längst hinter sich hatte? Er wusste es nicht, sondern versuchte, die Gedanken zu verdrängen, denn was sollte das bringen? Ändern konnte er sowieso nichts. Nur noch einen Rat geben, wenn sich jemand meldete. Und wenn das so wie jetzt passierte, musste er unbedingt dafür sorgen, dass seine Tochter Kathrin nichts davon erfuhr. Sie wollte nicht, dass ihr Vater noch mal etwas mit seinem Beruf zu tun hatte.

Homann brachte das Essen. Das Rindsgulasch und die Klöße sahen wirklich lecker aus, trotzdem überkam Völkel ein komisches Gefühl. Während Bier und Essen vor ihm standen, bekam Seiler sein Mineralwasser. Der eine aß opulent, der andere schlürfte Wasser. Ob es ihm da überhaupt schmecken würde? Egal, er hatte Hunger und Seiler hatte es ja so gewollt.

Homann wollte, nachdem er Essen und Getränke abgestellt hatte, sofort weggehen, aber Völkel bat ihn, für einen Moment Platz zu nehmen.

„Setzen Sie sich zu uns, es ist ja sonst nichts los in der Gastwirtschaft."

Homann zögerte. „Warum soll ich das? Sind Sie etwa auch von der Polizei?"

Völkel merkte, dass er ablenken musste, denn streng genommen war er das ja nicht mehr. Er könnte auf Anfrage auch keinen Ausweis vorzeigen.

„Kommen Sie, tun Sie nicht so, das haben Sie doch sofort bemerkt." Er war mit seiner Reaktion zufrieden. Einerseits hatte er Autorität aufgebaut, andererseits nichts behauptet, was nicht stimmte. Er stopfte sich ein

Stück von dem Gulasch in den Mund, während sich Homann setzte. Das Gulasch war wirklich zart und schmackhaft.

„Erzählen Sie doch mal, was Sie von dem Mord wissen“, sagte er kauend.

Homanns Miene verfinsterte sich. „Nichts weiß ich davon“, zischte er, „rein gar nichts. Das habe ich schon gesagt.“ Er blickte zu Seiler hinüber, der aber nicht reagierte.

„Was haben Sie denn von dem Mord gesehen?“

„Nichts.“ Seine Stimme wurde jetzt aggressiv.

„Und gehört?“

„Auch nichts. Wie soll man hier einen Schuss hören, der auf der anderen Seeseite fällt? So klein ist der See auch nicht.“

Völkel hatte auf diese Antwort gehofft, dann konnte er jetzt mit seiner eigentlichen Frage rausrücken. „Ich meine nicht, was Sie von der Tat gehört haben, sondern was man sich im Dorf darüber erzählt.“

Er schnitt sich ein Stück von einem Kloß, ließ Homann dabei aber nicht aus den Augen. Tatsächlich wirkte der für den Bruchteil einer Sekunde verunsichert, mit dieser Wendung der Frage hatte er nicht gerechnet.

Schade, dass ich jetzt nicht seine Gedanken lesen kann, dachte Völkel.

„Was soll ich davon gehört haben?“ Er brauchte einen Moment, um sich zu fassen. „Dass das für alle unerklärlich ist, habe ich gehört. Dass keiner den geringsten Verdacht hat."

Im selben Moment, in dem er diese beiden Sätze sagte, hatte er seine Sicherheit wiedergefunden.

„Und Sie, haben Sie einen?"

„Ich auch nicht, mir geht es wie den anderen."

Völkel bekam bei Homanns Antworten zunehmend ein komisches Gefühl. Irgendetwas stimmte da nicht, wieso hatte der Mann so schnell seine Selbstsicherheit zurückgewonnen? Dann merkte er, was es war. Die Sätze klangen gestanzt, wie vorher zurechtgelegt. Klar, das waren abgesprochene Antworten. Völkel begann zu begreifen, was Seiler mit der Mauer des Schweigens meinte, auf die er bei den Dörflern stieß.

„Haben Sie ein Alibi für die Tatzeit?"

Homann gab sich jetzt keine Mühe mehr, seine Aggressionen zu unterdrücken. Seine Augen blitzten, die rechte Hand ballte sich zur Faust.

„Das habe ich schon alles erklärt! Warum soll ich das noch mal wiederholen?"

„Weil ich es auch gern von Ihnen hören möchte."

Homann atmete tief durch. „Das halbe Dorf weiß, dass ich zur Tatzeit im Lokal war. Es war Freitagnachmittag, noch dazu gutes Wetter, da war Betrieb hier auf der Terrasse. So wie immer." Er zögerte einen Moment lang, bevor er fortfuhr. „Jedenfalls wie früher."

„Haben Sie bedient? Sind Sie an den Tischen entlanggelaufen?"

„Nein, ich habe drinnen gezapft und auch ein paar Schnittchen geschmiert.“ Sein Gesicht zeigte plötzlich ein überhebliches Grinsen.
„Dann waren Sie manchmal auch ganz allein im Schankraum, oder?“
„Aber nur kurz. Was soll das?“
Völkel versuchte, während der ganzen Zeit Blickkontakt zu dem Mann zu halten, aber Homann schaute im entscheidenden Moment weg. Völkel merkte, dass ihn dieses Ausweichen und das überhebliche Grinsen zunehmend wütend machten.
Der Kerl scheint sich ja sehr sicher zu fühlen, dachte er. Offensichtlich glaubte er nicht, dass man ihm was anhaben konnte.
Völkel blickte für einen Moment hinüber zum See. Na warte, dachte er dann, dich kriege ich.
Ohne Rücksprache mit Seiler orderte er ein Zimmer im Hotel. Das Grinsen aus Homanns Gesicht verschwand, von einem Moment zum anderen wirkte er wieder unsicher.
„Für länger?“
„Erst mal für eine Nacht.“ Völkel gab sich Mühe, seine Antwort wie eine Drohung klingen zu lassen.
Seiler nickte, das Mädchen am Tresen nahm wieder Blickkontakt zu ihm auf.
Völkel wartete, bis Homann gegangen war.
„Wer ist das Mädchen da drüben?“, fragte er dann.

„Das ist Homanns Tochter Isabel. Meistens zapft sie Bier, weil außer ihrem Vater kaum einer mit ihr spricht."
„Es spricht keiner mit ihr? Mit so einem schönen Mädchen spricht keiner? Wieso das denn?"
Seiler zuckte mit den Schultern. „Weiß ich nicht, wundert mich auch. Irgendwie wird sie geschnitten."
„Seit dem Mord oder schon vorher?"
„So viel ich weiß schon vorher."
Schade, dachte Völkel. Wenn es anders gewesen wäre, hätten sie vielleicht einen Ansatzpunkt, um Licht ins Dunkel zu bringen. Dann hieße es, dass sie anders über den Mord denken würde als die übrigen, dass sie mit irgendetwas nicht einverstanden wäre und sich das vielleicht entlocken ließe.
„Und was ist mit Homanns Frau?"
„Die ist vor ein paar Monaten gestorben. Seitdem sind die beiden allein in diesem Haus."
„Und woran ist sie gestorben?"
Seiler schüttelte den Kopf. „Als ich mal danach gefragt habe, ist Homann ausgewichen."
Seiler bestand darauf, die Rechnung zu bezahlen.
„Kommen Sie, ich zeige Ihnen mal, was hier im Dorf los war."
Völkel rief Homann zu, dass er den Meldezettel bei seiner Rückkehr ausfüllen werde, dann folgte er Seiler.
„Schön, dass Sie noch einen Tag bleiben werden", sagte Seiler.

„Sie haben versprochen, mir Wittenberg zu zeigen. Das ist der Grund, den ich meiner Tochter für die Reise angegeben habe. Ohne die Besichtigung darf ich nicht nach Hause kommen. Egal, was Sie mir noch zeigen wollen, Wittenberg muss auf jeden Fall dazu gehören."

## 4.

Sie gingen ein Stückchen die Dorfstraße entlang, bis sie zu einem Haus mit großen Fenstern im Untergeschoss kamen, vor dem sich rechts neben der Tür ein Schild mit der Aufschrift „Polizei" befand.
„Eine Nebenstelle der Polizei Wittenberg", erklärte Seiler, „aber sie wird nur selten genutzt. Eigentlich nur noch, wenn hier am See irgendwas passiert, wofür dann Polizeipräsenz nötig ist."
Zum Beispiel bei einem Mord, dachte Völkel. Seiler hätte ihm gar nichts erklären müssen, denn der fast kahle Raum, den sie betraten, bewies auch so, dass hier keine normale Polizeiarbeit möglich war. Ein Tisch mit zwei Stühlen davor stand vor einem der Fenster, darauf befanden sich Telefon und ein Laptop. In der Ecke neben der Tür stand ein Klappbett mit einer zerwühlten Bettdecke. Offensichtlich hatte Seiler hier übernachtet. Eine halb geöffnete Tür im hinteren Bereich führte zu einer Toilette. Sie setzten sich an den Tisch, Seiler

stellte den Computer an und begann eine Suche im Internet. Schließlich nickte er.

„Hier, das ist es."

Völkel beugte sich ganz nah zu dem Laptop vor, um genau hinsehen zu können. Ein Film lief ab, der eine Demo zeigte. Menschen marschierten über eine Straße, hielten Plakate hoch und riefen etwas, das Völkel nicht verstand. Er begriff auch nicht, was das für ein Protestmarsch sein sollte, bis er plötzlich im Hintergrund die Spiegelfläche eines Sees entdeckte. Na klar, das war eine Demo hier am See, die Dörfler protestierten gegen Nölthing. Völkel verstand plötzlich die Hintergründe, ohne dass Seiler etwas erklären musste. Junge Leute liefen im Protestzug mit, auch ein paar ältere Männer und Frauen. Ein Mann hatte sich bei einer Frau eingehakt und humpelte mit. Sein offener Mund, dazu sein entschlossener Blick verrieten, dass er zwar längst außer Atem war, aber auf keinen Fall aufgeben wollte. Der Zug war nicht besonders lang, aber es mussten trotzdem über hundert Leute sein. Dann war fast das ganze Dorf auf den Beinen gewesen, dachte Völkel. Er sah genau hin, um die Transparente und Schilder lesen zu können. Ist das die Freiheit, die uns versprochen wurde? Blühende Landschaften in Privatbesitz! Nölthing, du Kapitalist!

Völkel erkannte Homann in der Menge, aber er hielt sich weiter hinten auf. Vorne marschierte ein etwa fünfzigjähriger Mann, der den Ton angab. Er rief

Kommandos und dirigierte, wohin sich der Protestmarsch wenden sollte. Zum See natürlich, Völkel ahnte es sofort. Das Mädchen, Homanns Tochter, konnte er nicht entdecken, aber vielleicht hielt sie sich noch weiter hinten im Zug auf, so dass die Kamera sie nicht erfassen konnte.

„Der Bericht ist vor etwa drei Monaten im Fernseher gelaufen", erklärte Seiler, „im Dritten Programm. Ich habe mich beim Sender erkundigt, es hat viele Zuschauerreaktionen gegeben, so gut wie alle waren gegen Nölthing."

„Haben die Dörfler den Protestmarsch mit dem Sender abgestimmt? Ich meine, so ganz zufällig sind die vom Fernsehen doch nicht vorbeigekommen, oder?"

Seiler nickte. „Ganz sicher nicht. Die Aktion ist gut geplant gewesen. Danach hat es viele Zeitungsartikel gegeben, auch in der überregionalen Presse. Und dann geschah plötzlich gar nichts mehr, von einem Tag auf den anderen war Windstille. Für die Medienleute war die Sache vermutlich abgefeiert, eine schöne Protestaktion, das war's. Was weiter mit dem See geschieht, interessierte sie nicht mehr."

„Klar." Völkel nickte. „Wenn nichts Sensationelles passiert, ist das nicht mehr ihre Sache. Aber für die Dörfler muss das schlimm gewesen sein. Erst die Hoffnung, dass die Aufmerksamkeit etwas bringen könnte, dann die bittere Enttäuschung, dass alles schnell vergessen wird."

„Gut möglich.“ Seiler sah ihn an. „Aber ob das für einen Mord reicht?“
Ich habe schon Morde aus geringerem Anlass erlebt, dachte Völkel. Wenn all die Initiativen nichts bewirkt haben, wenn keine Idee mehr Erfolg verspricht, warum sollte dann nicht jemand geschossen haben? Ausschließen wollte er das nicht.
Der Protestzug stand jetzt am Seeufer. Die Leute hatten sich zu einer langen Reihe aufgefächert und riefen etwas auf den See hinaus. Die Kamera schwenkte, im Hintergrund sah man Nölthings Boot. Es war nicht zu erkennen, ob er selbst an Deck war oder ob die ganze Aktion nur symbolisch gemeint war. Einzig bestimmt für die Fernsehzuschauer. Völkel gab sich keine Mühe, herauszuhören, was die Leute riefen. Er konnte es sich denken.
„Wer ist denn der Typ, der die Demo geleitet hat?“
„Das ist Holger Knapp, Chef der Bürgerinitiative ‘Gemeinwohl vor Privatbesitz’, so heißt sie.“
Völkel ließ den Namen einen Moment lang auf sich wirken. Etwas verstaubt kam er ihm vor, wie eine alte DDR-Parole. Aber falsch war er deshalb nicht, immerhin stand so etwas ja auch im Grundgesetz. Komisch, dass es einfach vergessen wurde.
„Was arbeitet Knapp denn? Hat er auch was mit dem See zu tun?“
Seiler schüttelte den Kopf.

„Nein, Knapp arbeitet bei der Bahn. Kein Job, der vom See abhängig ist."
„Dann hat er auch kein Motiv für einen Mord."
„Möglich." Seiler verzog die Mundwinkel. „Trotzdem, bei den Leuten hier bin ich mir nicht sicher. In den zwei Tagen, seit ich hier arbeite, bin ich an keinen von denen rangekommen. Wer weiß, vielleicht haben die sich einen ausgeguckt, der am wenigsten verdächtig ist, und der hat dann geschossen. Im Auftrag für alle sozusagen." Er seufzte. „Das ist auch so eine Vermutung, die mir bei all den Gesprächen gekommen ist."
„Ein ganzes Dorf soll einen Mord geplant haben?" Völkel schüttelte den Kopf. „Das kann ich mir nicht vorstellen."
„Es muss ja nicht das ganze Dorf gewesen sein. Vielleicht waren sich nur alle einig, dass Nölthing weg musste, und zwei, drei Eingeweihte haben den Rest geplant und durchgeführt. Stellvertretend für alle, die sie jetzt dafür zu schützen haben."
Völkel merkte selbst, wie entgeistert er Seiler ansah. Ein ganzes Dorf als Auftraggeber für einen Mord, das wäre wirklich ein Ding.
„Kann man diesen Knapp mal sprechen?", fragte er.
„Klar." Seiler stellte den Computer aus und stand auf. „Wenn Sie sich nicht im Hotel frisch machen möchten, können wir gleich hingehen."

5.

Knapp wohnte in einem Häuschen in Seenähe. Die Balken des Fachwerks waren hellbraun gestrichen, die Felder dazwischen gelb. In den Blumenkästen vor den Fenstern blühten Geranien, im Vorgarten Sonnenblumen und Dahlien. Völkel fühlte sich an ein Noldebild erinnert, wehrte sich aber gegen diesen Eindruck. Der See, die Häuser, das alles hatte eine schöne Außenansicht, aber davon durfte er sich nicht täuschen lassen. Hier war etwas abgelaufen, das ganz und gar nicht zu diesem Eindruck passte. Genauer gesagt lief es im Hintergrund auch weiterhin ab.

Seiler klingelte an der Tür, eine Frau, knapp fünfzig Jahre alt, öffnete. Sie hatte kurzes, blondes Haar, trug einen dunklen Faltenrock, dazu eine weiße Bluse. Sie sagte nichts, sondern sah Seiler nur genervt an. Was wollen Sie denn jetzt schon wieder, schien ihr Blick zu bedeuten. Auch Seiler sagte nichts, ein kleiner Zweikampf spielte sich ab. Wer zuerst spricht, hat verloren. Völkel kam sich dabei zunehmend blöd vor.

„Sie sind doch Frau Knapp“, sagte er, „wir hätten gerne Ihren Mann gesprochen.“

Einen Augenblick lang sah sie ihn abschätzend an und schien sich zu fragen, ob sie sich nach seinem Namen und Auftrag erkundigen sollte, unterließ es aber.

„Mein Mann ist spazieren gegangen, im angrenzenden Wald.“ Ihre Augen funkelten vor unterdrückter Wut,

während sie das sagte. „Am See entlang, wie er das früher gern getan hat, darf er ja nicht mehr."
Völkel beschloss, nicht darauf einzugehen. „Ist er lange unterwegs oder lohnt es sich zu warten?"
Sie schaute auf ihre Uhr. „Er müsste gleich zurück sein. Länger als eine Stunde ist er nie unterwegs." Ihre Stimme klang plötzlich sanfter. „Kommen Sie, ich zeige Ihnen ein Plätzchen, wo Sie warten können."
Sie führte sie zu einer kleinen Sitzecke im Garten. Ein Tischchen mit drei Stühlen stand unter einem Sommerflieder, der nächste schöne Ort in diesem merkwürdigen Dorf, dachte Völkel. Er brauchte einen Moment, um sich wieder auf seine Absichten zu konzentrieren.
„Ist Ihr Mann am letzten Freitag auch spazieren gegangen?", fragte er, nachdem er sich gesetzt hatte. Von einer Sekunde zur anderen verlor die Frau ihren sanften Gesichtsausdruck, ihre Augen funkelten wieder. Offensichtlich hatte sie die eigentliche Absicht seiner Frage sofort verstanden.
„Nein, da war er auf der Terrasse des Hotels wie die meisten aus unserem Dorf. Das habe ich Ihrem Kollegen schon gesagt, warum fragen Sie das? Muss ich jetzt alles wiederholen, nur weil ein neuer Kommissar dabei ist?"
Bei dem Wort Kommissar schauten sich Völkel und Seiler kurz an.

„Nein, das müssen Sie nicht“, beeilte sich Völkel mit seiner Antwort. „Ich wollte es nur noch mal von Ihnen hören.“

Sie beruhigte sich wieder, ein freundlicherer Gesichtsausdruck kehrte zurück, aber nicht mehr so sanft wie vorher.

„Ich habe gerade Kaffee aufgesetzt, möchten Sie einen Schluck?“

„Oh ja, gern. Kaffee wäre gut“, antwortete Seiler.

Die Frau verschwand im Haus, die beiden schwiegen und genossen die Ruhe.

„Ich bin froh, dass Sie mir helfen wollen, die Front zu knacken“, sagte Seiler dann. „Seit Freitag habe ich jede Menge Überstunden und bin keinen Schritt weitergekommen. Es ist wie verhext.“ Er ballte die rechte Hand zur Faust. „Eine starrköpfige Truppe, diese Dorfleute hier.“

Die Frau kam mit einem Tablett zurück, stellte Tassen vor ihnen auf den Tisch und goss Kaffee ein. Völkel schaute zwischendurch immer wieder zum Gartentor hinüber, um zu sehen, ob Knapp zurückkehrte, aber er kam erst, als sie die Tasse fast ausgetrunken hatten. Völkel erkannte ihn sofort aus dem Fernsehbericht. Er war ein schlanker, großer Mann mit hoher Stirn, grauem Anzug und passender Krawatte dazu. Die typische Kleidung für einen, der auf dem Büro arbeitet, dachte Völkel. Jetzt, wo er vor ihm stand, wirkte er etwas älter als im Filmbericht, auf Anfang fünfzig schätzte er ihn.

Misstrauisch sah er Völkel an. Die Frau bemerkte sein Zögern.
„Schon wieder die Polizei, Holger“, sagte sie. „Setz dich dazu, ich hole dir noch eine Tasse.“
Sie verschwand wieder im Haus, Knapp zögerte, schließlich setzte er sich doch.
„Mich kennen Sie ja schon“, sagte Seiler. „Das ist mein Kollege Völkel.“
Völkel wollte ihm die Hand reichen, aber Knapp hielt seine Hände unten.
„Ich habe Sie gerade in einem Fernsehbericht gesehen“, sagte Völkel und bemühte sich um ein Lächeln. „Da waren Sie oft und lange im Bild.“
Knapp sah ihn weiter schweigend an.
„Sie waren der Organisator des Protestzuges. Darf ich Sie fragen, warum Sie die Bürgerinitiative gegründet haben?“
„Warum, warum?“ Er atmete tief durch. „Das fragen Sie noch? Der See ist ein Teil meines Lebens, vor allem meiner Kindheit. Unzählige Male habe ich darin gebadet, meine Kindheit ist ohne den See gar nicht denkbar. Später war er das auch für meine beiden Töchter, die jetzt in Greifswald studieren. Der See ist aus dem Gedächtnis all der Leute, die hier wohnen, nicht zu streichen.“
Er wurde immer lauter, während er das sagte. „Gut, die DDR war keine Demokratie“, rief er, „aber was jetzt hier passiert, hätte es da nicht gegeben. Dass einer den

ganzen See für sich alleine beansprucht, wo gibt's denn so was? Was hat das mit Freiheit zu tun?" Er versuchte ein spöttisches Lachen, aber es klang verbittert. „Aber vielleicht verstehe ich ja nichts von Demokratie, und Freiheit gilt nur für Einzelne."

Völkel spürte, wie er zunehmend sauer wurde. Nein, um sich hier eine Politikstunde anzuhören, war er nicht gekommen.

„Eine Demokratie war die DDR nicht, da haben Sie Recht", rief er fast genau so laut wie Knapp. „Wie kann das auch bei einem Land der Fall sein, das Flüchtlinge an der Grenze erschießen lässt?"

Seiler legte ihm die Hand auf den Arm. „Es ist besser, wir bleiben bei den Fakten."

„Genau, die Fakten." Völkel versuchte, sich wieder zu beruhigen. „Wenn ich es richtig sehe, leben Sie ja nicht von dem See wie der Herr Homann, sondern sind bei der Bahn beschäftigt. Da könnte Ihnen doch, sieht man von den Erinnerungen ab, egal sein, wem er gehört."

„Ist es aber nicht!" Knapp wurde jetzt noch lauter, ganz offensichtlich hatte er sich noch nicht beruhigt. „Und wissen Sie, warum nicht? Das hat alles mit diesem Kerl zu tun." Er wies mit der Hand in Richtung See. „Diesem Großkapitalisten."

„Nicht schon wieder das alte Lied vom Sozialismus!", rief Völkel dazwischen.

„So, ein altes Lied ist das." Knapp nickte heftig. „Dann will ich Ihnen mal eine Geschichte erzählen, an der Sie

sehen können, wie alt das alles ist. Und wie gut diese neuen Zeiten sind. Vor ein paar Wochen habe ich mal wieder im See gebadet. Genauso wie früher. Da kam plötzlich dieser Nölthing mit seinem Boot angefahren. ‚Verschwinden Sie sofort aus meinem See', hat er gerufen. Aber warum sollte ich das? Ich habe das gar nicht eingesehen." Er blickte die beiden fragend an, als erwartete er eine Antwort. „Habe ich die Pest an mir", fuhr er dann fort, „dass ich das Wasser vergifte? Oder besteht die Gefahr, dass ich den See leersaufe?"
Seiler und Völkel konnten sich ein Grinsen nicht verkneifen, Knapp schien es zu bemerken, denn er beruhigte sich ein wenig.
„Jedenfalls habe ich den Teufel getan und mein Bad beendet. Ich bin einfach weitergeschwommen, habe ein paar Züge in Richtung Seemitte gemacht und mich dabei von dem Boot weggedreht. Da hörte ich plötzlich, wie der Motor aufheulte, und ehe ich mich versah, raste es auf mich zu. Zuerst habe ich geglaubt, der Typ macht Spaß, der will mich nur erschrecken. Aber dann sah ich an seinem dreist grinsenden Gesicht, dass er es ernst meinte. Das Boot kam mit hoher Geschwindigkeit näher, der Typ hätte es gar nicht mehr stoppen können, selbst, wenn er gewollt hätte. Im letzten Moment konnte ich abtauchen und war mit ein, zwei Zügen so weit unter Wasser, dass das Boot über mich hinwegfuhr. Vor allem hatte ich Angst, dass mich die Schiffsschraube erfassen könnte, aber ich habe nur ih-

ren Wasserwirbel gespürt, der meinen Rücken streifte. Wissen Sie, was das für Verletzungen verursachen kann?"

„Sie hätten Nölthing anzeigen können", entgegnete Völkel, „das war versuchte Körperverletzung." Er merkte, wie ihn der Bericht wütend gemacht hatte. Wenn das stimmte, was Knapp erzählte, war das wirklich eine üble Sauerei von Nölthing gewesen. Aber Vorsicht, rief er sich dann zu, er war hierher gekommen, um bei der Aufklärung eines Mordes zu helfen, nicht um einer Bürgerinitiative beizutreten, die ihre Funktion nach Nölthings Tod sowieso verloren hatte.

„Wie denn?", rief Knapp. „Wie hätte ich das beweisen sollen? Es gab ja keinen Zeugen. Und wenn auch, Nölthing hätte behaupten können, dass er mich nicht gesehen hätte. Dass alles ein unglücklicher Zufall war."

Dagegen war nichts einzuwenden, Völkel nickte.

„Dann müssen Sie ja eine ordentliche Wut auf Nölthing gehabt haben", sagte er.

„Hatte ich auch. Und zwar eine so große Wut, dass ich gleich eine Bürgerinitiative gegründet habe, was aber gar nicht schwierig war. Alle im Dorf wollten das inzwischen." Er sah Völkel an und grinste. „Allerdings war meine Wut nicht so groß, dass ich zum Mörder werden wollte. Das war es doch, was Sie mit Ihrem Kommentar eigentlich meinten, oder?"

Auch dagegen konnte Völkel nichts einwenden. Genau das hatte er gemeint.

„Haben Sie nicht wenigstens mal daran gedacht?"
„Auch nicht. Ich bin friedfertig, so was kommt mir nicht in den Sinn. Wie allen hier im Dorf."
„Da sind Sie sich so sicher?"
„Bin ich."
„Trotzdem ist Nölthing erschossen worden."
Knapp zuckte mit den Schultern. „Das müssen Sie klären. Ich kann Ihnen nur sagen, was ich weiß und was ich denke."
„Und was denken Sie noch, außer dass es in Ihrem Dorf niemandem einfallen würde, einen Mord zu begehen?"
Knapp grinste. „Sonst denke ich viel. Es gibt keinen, der nicht denkt."
„Denken Sie vielleicht, dass Nölthing es verdient hat? Oder sind Sie dazu auch zu friedfertig?"
„Ich denke, dass sich mein Mitleid in Grenzen hält. Das ist aber noch was anderes als das, was Sie gefragt haben."
Der Kerl war clever, merkte Völkel. Er ließ sich nicht das Geringste entlocken. Selbst darin war er clever, bestimmte Dinge nicht abzustreiten. Dass jemand, den Nölthing absichtlich in Lebensgefahr gebracht hatte, nicht wenigstens klammheimliche Freude über seinen Tod empfand, hätte er Knapp niemals abgenommen. Aber auch auf diese Frage hatte er geschickt reagiert. Nichts hatte er richtig zugegeben, aber auch nichts abgestritten, was ihm sowieso keiner glauben würde.

Völkel sah ihm lange und tief in die Augen, Knapp hielt dem Blick stand. Ein harter Brocken, dachte Völkel, aber warte, dich kriege ich noch. Wenn du was mit dem Mord zu tun hast, werde ich das rauskriegen, das verspreche ich dir. Irgendwas verschweigst du, irgendwas, von dem du weißt oder glaubst, dass es uns weiterbringen würde.
Er trank den letzten Schluck von seinem Kaffee, der inzwischen lauwarm geworden war, erhob sich und blickte Seiler an. Der zögerte noch einen Moment lang, dann stand er auf.
Völkel gab sich keine Mühe, sich höflich von dem Ehepaar zu verabschieden. Wozu auch? Sie hatten ihm nicht die Wahrheit gesagt, er hatte jeden Grund, seinen Ärger zu zeigen.
Nebeneinander gingen sie in Richtung Hotel. Seiler fing plötzlich an, von seiner Familie zu erzählen. Mit Frau und Sohn, den er sehr liebe, lebe er in Wittenberg, ganz in der Nähe der Elbe. Es wäre leider eine schwere Geburt gewesen, Gott sei Dank hätte es aber keinen richtigen Sauerstoffmangel gegeben.
„Trotzdem, Robert ist ein bisschen lernverzögert", sagte er, blickte Völkel an und versuchte ein Lächeln. Völkel verspürte den tiefen Schmerz, den diese Aussage bei ihm auslöste.
„Wir müssen eben viel Geduld haben", fuhr er fort, „dann kann Robert noch ein ganz normales Leben führen. Und Geduld haben wir!"

Es wirkte nicht überzeugend, was er da sagte. Vielmehr klang es so, als müsse er sich selbst Mut zusprechen.
„Wie in diesem Fall", half ihm Völkel aus der Verlegenheit, „bei diesem Mord ist auch Geduld erforderlich."
Bewusst hatte er nicht von „Wir" gesprochen. Er war gekommen, um einen Rat zu geben, um eine Mauer des Schweigens zu durchbrechen. Aber den Fall selbst musste Seiler lösen. Außerdem wollte er sich auf keinen Fall aufdrängen.
Sie waren am Hotel angekommen, Völkel lag noch eine Frage auf der Zunge. Ist Ihre Frau denn auch geduldig, wollte er fragen, unterließ es aber. Seiler hatte nichts weiter von ihr erzählt, vielleicht hatte er Grund dazu.
Sie verabredeten sich für den nächsten Morgen. Seiler versprach, zum Frühstück zu kommen.
Völkel genoss noch einen Moment lang den Blick auf den See. Abendstimmung hatte sich ausgebreitet, glutrot schimmerte das Wasser. Als wäre es blutig, dachte Völkel. Ja, genauso wirkte es. Kurz danach betrat er das Hotel.

## 6.

Beim ersten Knall war der Mann aufgeschreckt und sofort hellwach gewesen. Ein Schuss, hatte er gedacht, das muss ein Schuss gewesen sein. Und er hatte auch geahnt, wem der Anschlag galt. Wulf natürlich, wem sonst. Er hatte schon lange befürchtet, dass es so weit kommen würde. Die Sache war immer mehr eskaliert, und Wulf hatte nichts, aber auch gar nichts getan, um sie zu entschärfen. Im Gegenteil, je wütender die Dörfler wurden, desto mehr Öl hatte er ins Feuer gegossen. Da droht eine Katastrophe, hatte er gedacht und gehofft, dass er dann, wenn sie passierte, nicht dabei sein würde.

Jetzt war es anders gekommen, aber nach dem Schuss hatte er richtig gehandelt, ganz intuitiv. Er war nämlich nicht an Bord gestürmt, um nachzusehen, was passiert war. Das wäre, wenn er es getan hätte, auch sein Ende gewesen. Er war stattdessen geduckt von der Bank aufgestanden, auf der er sich ein wenig ausgeruht hatte, war zwei, drei Stufen die Treppe zum Deck hoch geschlichen und hatte vorsichtig aus der Kajüte gelugt. Da hatte er gesehen, dass Wulf blutend an Deck lag. Er hatte die Arme weit vorgestreckt und versucht, sich in Richtung Kajüte zu ziehen. Mit weit aufgerissenen Augen hatte er ihn angestarrt und der Mann hatte geahnt, was er ihm mit diesem Blick sagen wollte.

Zieh mich unter Deck, sollte das heißen, hilf mir, dass ich aus der Schusslinie komme.

Aber wie hätte er das tun sollen, ohne sich selbst zu gefährden? Er konnte Wulf nur erreichen, wenn er sich weit aus der Kajüte beugte, aber dann wäre er selbst ein gutes Ziel gewesen. Nein, Wulf musste sich erst

näher an ihn heranrobben, anders war es nicht möglich gewesen, ihm zu helfen. Komisch, dass er nicht um Hilfe rief. Aber Wulfs Mund stand einfach nur offen, stoßweise kam der Atem heraus.
Einen Moment lang löste er den Blick von Wulf und schaute hinüber zum Ufer. Da entdeckte er links von der Weide, direkt neben den ins Wasser hängenden Ruten, eine Person. Zum zweiten Mal reagierte er geistesgegenwärtig richtig, lief zurück zum Tisch neben der Bank, wo sein Fotohandy lag, und holte es. Einen Moment lang musste er noch warten, weil seine Hände vor Aufregung zitterten, dann beruhigte er sich so weit, dass er das Handy auf den Waldrand richten und ein Foto machen konnte. Im nächsten Moment fiel der zweite Schuss. Wulfs Körper bäumte sich auf, er stöhnte schrecklich, dann sackte er zusammen und blieb regungslos an Deck liegen. Da wusste er, was los war, auch ohne Wulf zu untersuchen. Es war aus gewesen mit ihm, es gab keine Chance mehr, irgendetwas für ihn zu tun.
Trotzdem musste er in diesem Moment einen Fehler gemacht haben, musste sich vielleicht zu weit aus seinem Versteck vorgebeugt haben, jedenfalls hatte er plötzlich das Gefühl, von der Person am Ufer entdeckt worden zu sein. Sofort war er zurückgezuckt und hatte atemlos gewartet, ob jemand ins Wasser glitt und sich Schwimmgeräusche näherten. Es war eine beklemmende Situation gewesen, die ihm den Schweiß auf die Stirn

trieb. Dort oben an Deck der erschossene Wulf, am Ufer der Mörder, der ihn vermutlich entdeckt hatte, und unter Deck er selbst, unbewaffnet und damit Wulfs Mörder wehrlos ausgeliefert. Vor Aufregung hielt er den Atem an, obwohl das natürlich nichts brachte. Hören konnte der Mörder ihn auf keinen Fall, egal, wie laut er atmete. Als es nach zwei, drei endlos langen Minuten still blieb, schöpfte er Mut und schob den Kopf aus der Kajüte. Am Ufer war alles ruhig gewesen, niemand schien sich dort aufzuhalten. Nur die Blutlache, die sich neben Wulf gebildet hatte, war größer geworden. Langsam rann das Blut zum Rand des Decks und tropfte ins Wasser. Im nächsten Moment lief er schnell zurück, fand auf dem Tisch eine Plastiktüte und steckte sein Handy und den Autoschlüssel hinein. Zeit, sich anzuziehen, hatte er nicht mehr. Er trug eine Turnhose, dazu ein weißes T-Shirt. Aber egal, wie er gekleidet war, es war einzig wichtig, von hier wegzukommen, so schnell wie möglich. Die Decke, unter der er geruht hatte, warf er schnell ans Fußende von Wulfs Koje, so dass es aussah, als hätte Wulf es sich mit Oberbett und Decke besonders gemütlich gemacht, dann griff er nach seinen Klamotten, seiner Jacke, der Hose und den Schuhen, und rollte alles zu einem Bündel zusammen. Anschließend blickte er sich noch einmal um. Nein, er hatte nichts zurückgelassen, das auf ihn hinwies, er hatte seine Spuren, so gut es ging, verwischt.

Wieder schlich er zwei, drei Stufen die Treppen hoch, wieder lugte er hinüber zum Ufer, wo es noch immer ruhig war. War der Mörder weggelaufen oder hatte er sich nur versteckt, um bei der erstbesten Gelegenheit zuzuschlagen? Egal, er musste etwas unternehmen. Er konnte nicht auf diesem Boot bleiben, auf dem gerade Wulf ermordet worden war, vor allem nicht, nachdem er das Foto vom Mörder gemacht hatte. Vorsichtig schob er sich an Deck, hinüber zu der dem Ufer abgewandten Seite, immer darauf gefasst, dass es wieder knallen könnte und alles, alles aus wäre. Aber es fiel kein Schuss. Das Bündel mit seinen Klamotten schob er vor sich her, die Plastiktüte mit Handy und Autoschlüssel behielt er fest in der linken Hand.

Langsam, um keine Aufmerksamkeit zu erregen, schob er sich weiter, Zentimeter für Zentimeter. Fest drückte er sich dabei auf die Planken, um sich klein zu machen und ein möglichst schwer zu treffendes Ziel abzugeben. Endlich erreichte er die Reling, stieß zuerst das Bündel ins Wasser, griff dann nach der Reling, zog sich mit einem Ruck vor und ließ sich an der vom Ufer abgewandten Seite ins Wasser gleiten. Als die Wellenbewegung verebbte, lauschte er wieder. Nein, vom Ufer war nichts zu hören. Dann drückte er das Stoffbündel unter Wasser und begann, zum gegenüberliegenden Ufer zu schwimmen, wobei er immer darauf achtete, so lange wie möglich im Schatten des Bootes zu schwimmen. Ein paar Schwimmstöße zog er das Stoffbündel

noch mit sich und merkte, wie es sich vollsog mit Wasser, dann ließ er es los und spürte, wie es an seinen Beinen entlang auf den Grund sank.
Jeder Meter, den er dem Ufer näherkam, erhöhte seine Chance, zu überleben, jeder Meter, den er sich vom anderen Ufer entfernte, machte es schwieriger, ihn zu treffen.
Den Zeitpunkt, an dem er den Sichtschutz durch das Boot verlor, spürte er genau. Es war ein Gefühl, als würde er aus einem geschützten Versteck ins Freie treten, sofort erhöhte er sein Tempo noch mal. Auf jede Sekunde kam es jetzt an, jeder Bruchteil zu lange im Wasser konnte sein Ende bedeuten. Er spürte, dass der Täter noch immer am Ufer stand, sein Gefühl verriet es ihm.
In dem Moment peitschte das Wasser neben ihm auf. Ein Schuss! Das war ein Schuss gewesen! Der Täter hatte tatsächlich auf ihn gezielt! Panik erfasste ihn. Er tauchte und versuchte, zwei, drei Züge unter Wasser zu schwimmen, merkte aber, dass er so noch langsamer vorankam und ihm vor allem die Luft ausging. Als er wieder auftauchte, wusste er, dass er seinen Kopf zum Abschuss freigab. Noch zehn Meter war das Ufer von ihm entfernt, noch acht, noch sieben. Wann fiel er denn endlich, der entscheidende Schuss? Noch einmal drückte er seinen Kopf für ein, zwei Schwimmstöße unter Wasser und spürte plötzlich einen Widerstand am Fuß. Er hatte Land berührt, er hatte das andere Ufer er-

reicht. Auf allen Vieren krabbelte er an Land. Jetzt, dachte er, jetzt gab er das beste Ziel ab, völlig schutzlos gab er seinen Körper preis. Aber nichts passierte. Er sah die Büsche des Waldrandes vor sich, er kam ihnen näher und tauchte mit einem verzweifelten Sprung dahinter ab.

Erst da merkte er, wie erschöpft er war. Er ließ sich einfach auf den Boden fallen, drehte sich mühsam auf den Rücken und brauchte zwei, drei Minuten, um wieder gleichmäßig atmen zu können. Erst dann bog er die Zweige des Gebüsches auseinander und sah, dass alles still war am See. Das Boot schaukelte ruhig im Wasser, Wulfs Leichnam war von dieser Seite aus nicht zu sehen, das andere Ufer lag verlassen da. Fehlte nur noch, dass Rehe ans Ufer traten, wie das manchmal vorkam, dann wäre die Idylle perfekt gewesen. Aber er wusste, dass es keine Idylle war. Er war um Haaresbreite dem Tod entronnen, eigentlich musste er zugeben, dass es sogar unwahrscheinlich war, dass er überhaupt noch lebte. Warum war nicht noch einmal auf ihn geschossen worden? Warum war der zweite Schuss nicht gefallen, der vermutlich sein Ende bedeutet hätte? Dann hätte er nicht hinter diesem Gebüsch gelegen, sondern auf dem Grund des Sees, genau wie seine Klamotten. Aber so war es nicht gekommen. Er lebte.

Während er das dachte, fasste er einen Plan. Warte, dachte er, du hast versucht, mich zu töten. Den einen Schuss hast du ja wirklich auf mich abgegeben, aber mich nicht getroffen. Gott sei Dank hast du das nicht! Aber das wirst du bezahlen, das verspreche ich dir. Dir werde ich zeigen, was es bedeutet, auf jemanden wie mich zu schießen. Bereuen wirst du das, bitter bereuen!

## 7.

Völkel hatte nach seiner Rückkehr ins Hotel sofort sein Zimmer bezogen. Es war ein kleines, schlicht eingerichtetes Zimmer, in dem sich aber alles befand, was er brauchte. Ein genügend breites Bett, eine Ablage für seinen Koffer, eine Minibar und vor allem ein Fernseher. Also konnte er vor dem Einschlafen vom Bett aus noch die Nachrichten sehen und danach vielleicht noch einen spannenden Film. Das alles für 44 Euro mit Frühstück, da konnte er nicht meckern.

Er hatte sich müde gefühlt, aber es war erst kurz nach sieben gewesen, als er sich endgültig eingerichtet hatte. Viel zu früh, um schon ins Bett zu gehen.

Also war er noch einmal runtergegangen in die Gastwirtschaft und hatte sich dort für ein Bier an die Theke gesetzt. Homann hatte ihn schweigend bedient, Völkel hatte ebenfalls nichts gesagt. Es musste nicht alles am ersten Tag geschehen.

Zwei etwa sechzigjährige Männer hatten außer ihm an der Theke gesessen, ein paar Plätze von ihm entfernt. Sie hatten leise miteinander gesprochen, einmal wohl auch über ihn, denn abwechselnd hatten sie zwischen ihren Bemerkungen zu ihm herübergeblickt. Völkel hatte sich zwischendurch ein paar Mal umgedreht und durchs Fenster hinüber zum See geblickt, der langsam in der Dämmerung versank. Als es nach drei Bier endgültig stockfinster war und vom See nicht einmal mehr ein Schimmern übrig war, fühlte sich Völkel hundemüde und beschloss, zu Bett zu gehen. Die beiden anderen Männer waren längst verschwunden, außer ihm und Homann befand sich niemand mehr im Schankraum.

Homann atmete sichtbar auf, als Völkel ihn heranwinkte, um zu bezahlen. Offensichtlich hatte er befürchtet, Völkel könnte ihn jetzt, da sie allein waren, doch noch in eine Befragung verwickeln.

Das war vielleicht einer der Tricks, die er Seiler vermitteln könnte, dachte Völkel. Man musste manche Typen zappeln lassen. Je nervöser sie wurden, desto eher waren sie zu Aussagen bereit. Oder desto schneller machten sie einen Fehler.

Er merkte aus den Augenwinkeln, wie Homann ihn während des Bezahlens belauerte, aber er ließ sich nichts anmerken.

Guck du ruhig, dachte er. Wir werden das Gespräch, das dir so unangenehm ist, schon noch führen. Dann, wenn es an der Zeit ist.

Langsam ging er die Treppe zum Obergeschoss hinauf, wo sich sein Zimmer befand. Erst jetzt stellte er sich die Frage, ob er wohl der einzige Hotelgast für diese

Nacht war. Die beiden anderen Männer an der Theke gehörten zu den Dörflern, so misstrauisch wie sie ihn zwischendurch angesehen hatten. Und andere Leute hatte er im Hotel nicht gesehen. Egal, ob er allein war oder nicht. Völkel war sich sicher, dass er nach der anstrengenden Reise gut schlafen würde.
Als er an der obersten Stufe nach einem Lichtschalter tastete, merkte er plötzlich, dass jemand im dunklen Flur vor ihm stand. Ein Schreck fuhr ihm in die Glieder. Er selbst auf der obersten Stufe der Treppe und eine unsichtbare Person direkt vor ihm in der Dunkelheit des Flures. Ein leichter Stoß und er würde die Treppe runtersegeln und sich wer weiß was brechen. Einen Moment lang war er wie erstarrt, dann schaffte er es, den Schrecken zu überwinden. Hektisch tastete er die Wand nach dem Lichtschalter ab, fand ihn aber nicht sofort. Die Person vor ihm blieb regungslos stehen. Verdammt, was wollte sie von ihm? Was hatte das zu bedeuten? Endlich fand er den Lichtschalter, er war viel näher am Eingang zum Flur gewesen, als er gedacht hatte. Schnell drückte er ihn, für einen Moment blendete ihn das Licht.
Dann sah er, wer da vor ihm stand. Es war Isabel, Homanns Tochter. Jetzt, da sie sich erkannt fühlte, verzog sich ihr Gesicht zu einem verlegenen Lächeln. Völkel merkte, dass sie noch hübscher war, als es ihm vorhin auf der Terrasse erschienen war. Beim Lächeln bildeten sich zwei Grübchen auf ihren Wangen, das kurze,

schwarze Haar stand ihr gut. Selbstbewusst wirkte sie, wie eine Studentin, auf keinen Fall wie ein Modepüppchen, was sie, anders zurecht gemacht, mit langen Haaren und Modeklamotten, zweifellos auch sein könnte. Sie trug eine lässige Jeansjacke, dazu eine schwarze Hose, die ihre Figur betonte. Nur ihre schwarzen Augen blitzten nicht so wie vorhin. Das war es, was ihm beim zweiten Hinsehen auffiel.

Irgendwas hat sie, dachte er, irgendwas stimmt nicht mit ihr. Wieso hat sie hier oben auf mich gewartet, was will sie von mir?

Eine Zeitlang starrte er sie an. Unglaublich, dass ein solches Mädchen im Dorf geschnitten wird, dachte er. Nein, da musste sich Seiler verhört haben, so ein Mädchen schneidet man nicht. Im Gegenteil, es war eines, zu dem man hinschaute. Selbst er würde das tun, obwohl sie deutlich jünger als seine Tochter Kathrin war.

Die Zeit, in der sie sich regungslos gegenüber standen, wurde ihm schließlich zu lang.

„Was ist?“, fragte er. „Was wollen Sie von mir?“

Das Lächeln in ihrem Gesicht verschwand, mit ihm die Grübchen. Falten bildeten sich auf ihrer Stirn. Völkel merkte, dass ihr viele Gedanken durch den Kopf schossen. Also hatte sie auf ihn gewartet, ohne genau zu wissen, warum. Oder sie hatte es gewusst und war sich im letzten Moment unsicher geworden.

„Nun sagen Sie doch, was los ist!“

Einen Moment lang sah sie ihn noch mit großen Augen an, dann drehte sie sich abrupt um und lief über den Flur davon.

„Nun warten Sie doch! Sagen Sie mir doch, was Sie bewegt."

Sie lief weiter, ohne sich umzudrehen, und verschwand schließlich hinter einer Tür am oberen Ende des Flurs.

Völkel hatte das Gefühl, eine Chance verpasst zu haben. Irgendwas hatte sie ihm mitteilen wollen, was sie vielleicht weitergebracht hätte in dem Mordfall, da war er sich sicher. Denn dass sie auf ihn gewartet hatte, weil sie ihn attraktiv fand, konnte er wirklich nicht annehmen. Allein schon der Gedanke daran ließ ihn schmunzeln. Zögernd ging er auf sein Zimmer. Nein, es hätte nichts gebracht, ihr nachzulaufen und sie festzuhalten. Sie hätte sich nicht zum Reden zwingen lassen, wenn er sie überhaupt erreicht hätte. Und die vage Hoffnung, dass sie zurückkommen würde, würde sich auch nicht erfüllen. Zu entschlossen hatte sie beim Weglaufen gewirkt.

Schon um kurz nach sieben wurde er wach. Trotz des Gefühls einer verpassten Chance hatte er gut geschlafen. Er duschte, holte frische Kleidung aus seinem Koffer und ging zum Frühstück. Die Hoffnung, Isabel zu treffen, erfüllte sich nicht. Homann war es, der ihn bediente. Er brachte zwei Brötchen, etwas Wurst, Kirschmarmelade und Kaffee. Außer Völkel saß noch

eine ältere Frau im Schankraum. Für zwei Personen lohnte ein Buffet nicht.
Die Frau sah Völkel gleich erwartungsvoll an. Oh nein, kein Gespräch, dachte er. Nicht so früh am Morgen. Die Frau schien seinen Blick verstanden zu haben.
„Kommen Sie auch hierher wegen der guten Luft?“, fragte sie etwas zaghaft. „Ich komme deshalb schon seit Jahren immer wieder gern.“
Sie schien keine Antwort zu erwarten, sondern wandte sich sofort wieder ihrem Frühstück zu.
„Ja, es ist schön hier“, sagte sie noch, dann schwieg sie. An den Mord dachte sie offensichtlich nicht. Entweder wollte sie sich davon ihr Bild vom See nicht trüben lassen, oder sie hatte nichts davon mitgekriegt. Das Letztere kam Völkel unwahrscheinlich vor, höchst unwahrscheinlich.
Homann war viel freundlicher als gestern. Er lächelte sogar, als er Völkel das Frühstück brachte. Erst, als er eine zweite Kanne Kaffee brachte und Völkel ihn nach dem Verbleib von Isabel befragte, verfinsterte sich seine Miene wieder.
„Wo ist denn Ihre Tochter? Ist sie heute nicht da?“
Homann schüttelte mit dem Kopf.
„Und wo ist sie, wenn man fragen darf?“
„Meine Tochter ist einundzwanzig, sie muss sich nicht bei mir abmelden, wenn sie irgendwo hingehen will.“
Er war sichtbar gereizt, während er das sagte.
„Ist sie arbeiten gegangen?“

„Meine Tochter studiert, sie geht noch nicht arbeiten."
Jetzt war es Stolz, der aus seiner Antwort sprach.
„Und was studiert sie?"
„Auf Lehramt in Halle."
„Und wenn dort keine Vorlesungen oder Seminare sind, kommt sie zurück nach Hause?"
Homann nickte. „So ist es."
„Allein deshalb?"
An Homanns Zögern merkte er, dass er einen empfindlichen Punkt getroffen hatte.
„Weshalb sonst", sagte Homann dann, stellte den Kaffee ab und ging. Der zweite aus der Familie, der sich einfach umdrehte und ihn einfach stehen ließ, dachte Völkel.
Er frühstückte in Ruhe weiter. Seine Dortmunder Zeitung fehlte ihm, merkte er. Zu gerne hätte er gelesen, was gestern an Kriminalfällen in Dortmund passiert war und womit sich seine früheren Kollegen beschäftigen mussten. Und natürlich hätte er gerne gewusst, was bei Borussia los war. Wer verletzt war, wer wieder fit. Er seufzte. Naja, es war ja erst Dienstag. Zum nächsten Heimspiel würde er auf jeden Fall zurück sein.
Es war halb neun, als Seiler auftauchte. Völkel bestellte ihm eine Tasse Kaffee und ließ sie auf seine Rechnung setzen. Als Erstes erzählte er ihm von seiner nächtlichen Begegnung mit Isabel Homann. Seiler hörte aufmerksam zu.

„Dann sind Sie an einem Tag weiter gekommen als ich an dreien“, sagte er schließlich. „Respekt.“
Völkel winkte ab. „Das hatte nichts mit mir zu tun und schon gar nichts mit cleverer Polizeiarbeit. Das lag einfach an dem Mädchen. Sie war es, die die Begegnung gesucht hat.“
„Also gibt es doch Risse in dieser Betonwand“, entgegnete Seiler.
„Bis jetzt noch nicht. Für einen kurzen Moment bestand nur die Möglichkeit, dass sich einer auftat. Aber der hat sich schnell wieder geschlossen, bevor ich einen Blick hindurchwerfen konnte.“
„Dann halten Sie nichts davon, sich Isabel noch mal vorzunehmen?“
„Nein, sie ist freiwillig gekommen. Wenn wir jetzt nachhaken, wird sie nur abweisend werden. Bei ihr müssen wir warten, was sie von sich aus tut.“
„Und was schlagen Sie stattdessen vor?“
„Die übliche Routinearbeit. Wer hat noch besonders unter Nölthings Verbot gelitten, im See zu baden oder zu angeln?“
„Sarah Boskamp“, antwortete Seiler, ohne nachzudenken. „Sie ist Tauchlehrerin und hat regelmäßig Tauchgruppen im See geführt.“
„Haben Sie sie schon befragt?“
Seiler nickte.
„Und wovon lebt sie jetzt?“

„Sie leitet Tauchgruppen an anderen Seen, hat sie mir erzählt. Aber dass sie damit über die Runden kommt, kann ich mir nicht vorstellen. Zwei, drei haben mir erzählt, dass sie so etwas wie die Tauchlehrerin des Sundner Sees war. Sie und niemand anderer."
„Dann sollten wir uns noch mal genau bei ihr erkundigen."

Sarah Boskamp wohnte in einem kleinen Häuschen ganz in der Nähe der Kirche. Sie mussten also nur aus dem Hotel treten, die Straße überqueren und ein paar Meter Richtung Kirche laufen, dann standen sie schon vor ihrer Haustür. Aber es war eine ältere Frau mit glatten, grauen Haaren, die ihnen öffnete.
„Sarah ist nicht da", sagte sie. „Sie begleitet eine Tauchgruppe am Mückener See und kommt erst gegen Mittag zurück."
Seiler sah Völkel fragend an. Was nun, sollte das heißen. Völkel winkte ab.
„Macht nichts", sagte er, „die Gegend ist schön hier. Dann mache ich eben einen Spaziergang und bin gegen Mittag zurück."
Sie verabschiedeten sich noch vor der Haustür.
Völkel freute sich auf den Spaziergang. Ganz zweckfrei unternahm er ihn aber nicht. Er wollte die Gegend auf sich wirken lassen. Er wollte nachempfinden, wie sich die Leute fühlen mussten, die hier wohnten und denen ein einzelner Mensch einen Teil ihres Lebensraums

verschlossen hatte. Vielleicht kam er dabei auf gute Ideen. Er ging nicht Richtung See, das Ufer kannte er ja schon, sondern lief gleich auf den Wald zu, der sich an zwei Seiten wie eine grüne Wand um den See gelegt hatte.

Auf dem Weg dorthin spürte er die Wärme des beginnenden Spätsommertages, mit Eintritt in den Wald wurde es sofort merklich kühler. Völkel schlug den Kragen seiner Jacke hoch. Dass der Unterschied so groß sein würde, hatte er nicht erwartet. Aber mit der Zeit gewöhnte er sich an die frische Waldluft, er atmete tief durch und ging zügig voran. Wie lange hatte er das nicht mehr erlebt, einfach so durch einen Wald zu gehen? Er wusste es nicht mehr. Aber seine regelmäßigen Spaziergänge durch den Dortmunder Zoo waren auch nicht schlecht. Er merkte, dass ihm alle möglichen Gedanken durch den Kopf schossen, von seiner ursprünglichen Absicht, den Gefühlen der Dörfler nachzuspüren, blieb nicht viel übrig.

Plötzlich klingelte das Handy, es war seine Tochter Kathrin.

„Was machst du gerade?“

Jetzt war Völkel endgültig froh, den Spaziergang unternommen zu haben, denn so konnte er ihr die Wahrheit sagen und musste nicht flunkern.

„Ich gehe im Wald spazieren.“

„Ich denke, du bist in Wittenberg. Seit wann ist denn da ein Wald?“

„In der Stadt ist natürlich auch keiner." Er lachte. „Aber direkt nebenan. Außerdem gibt es hier einen schönen See. Ich genieße die Natur."
„Ist es wirklich nur das?"
„Natürlich, was denn sonst?"
Sie atmete hörbar auf. „Vielleicht wirst du auf deine alten Tage ja doch noch vernünftig."
„Danke, dass du mir so viel zutraust."
„Ich meine es ja nicht so, Papa. Ich will nur, dass dir nie wieder was passiert. Versteh doch!"
„Tu ich doch. Es ist schön, dass du an mich denkst."
Sie beendete das Gespräch. Er wusste, dass sie von ihrem Arbeitsplatz im Düsseldorfer Regierungspräsidium aus angerufen hatte, da musste sie sich kurzfassen.
Immer wieder, merkte Völkel, schimmerte zwischen den Bäumen der See hindurch. Dort am Ufer war es ruhig, kein Mensch war zu sehen. Genau wie hier im Wald.
Plötzlich entdeckte er zwischen den Bäumen etwas Schwarzes. Abrupt blieb er stehen, überrascht von dem unerwarteten Anblick. Normalerweise würde er nicht so vorsichtig reagieren, dachte er, aber hier war vor vier Tagen ein Mord geschehen. Alles, was auffällig war, weckte sofort sein Interesse. Vorsichtig beugte er sich hinter einem Baumstamm vor. Was war das für ein Gegenstand, dem er da so unerwartet begegnete? Hatte er irgendeine Bedeutung? Immerhin war der Tatort

gar nicht so weit von hier entfernt. Dann sah er es. Es war ein Auto, ein Sportwagen genauer gesagt. Völkel musste schmunzeln. Wieso hatte ihn ein Sportwagen am Waldrand so nervös gemacht? Er schaute nur noch kurz hin. Ein BMW war das, vermutete er, aber sicher war er sich nicht. Er interessierte sich nicht für Sportwagen, ihm reichte sein alter Bora.

Entschlossen folgte er weiter dem Weg durch den Wald, der im Abstand von gut fünfzig Metern zum See verlief. Zwischendurch blieb er ein paar Mal stehen, atmete tief ein und aus und genoss die frische Waldluft. Dabei merkte er gar nicht, wie die Zeit verrann. Irgendwann hatte er den Wald hinter sich gelassen und lief an den Feldern vorbei in Richtung Dorf. Es war schon fast ein Uhr, als er es erreichte. Er ging nicht sofort in das provisorische Büro von Seiler, sondern setzte sich auf die Terrasse des Hotels und bestellte eine große Apfelschorle. Der lange Weg hatte ihn durstig gemacht, Hunger verspürte er nicht. Seiler könnte warten, dachte er, das Gespräch mit Sarah Boskamp lief ihnen nicht weg.

Homann brachte ihm die Apfelschorle, Isabel war auch jetzt nicht zu sehen.

„Was ist mit dem Zimmer?“, fragte er, als er das Glas vor Völkel auf den Tisch stellte. „Reisen Sie ab, oder möchten Sie auch noch die kommende Nacht bleiben?“

Stimmt, dachte Völkel, daran habe ich gar nicht gedacht. Er überlegte. Seiler hatte gewünscht, dass er ihm Tipps für Vernehmungen gab, von einer Beteiligung an der Ermittlung hatte er nicht gesprochen. Andererseits hatte Völkel bis jetzt nichts bewirkt. Die Betonwand, von der Seiler gesprochen hatte, hatte auch er nicht durchbrechen können.

„Muss ich das sofort entscheiden?“, fragte er. „Oder hat das bis heute Abend Zeit?“

Die Verärgerung über diese Antwort war Homann deutlich anzusehen, was Völkel amüsierte.

„Ich meine, angesichts des Gedränges in Ihrem Hotel hätte ich Verständnis dafür, dass Sie meine Entscheidung sofort benötigen.“

Homann drehte sich um, ohne zu antworten. Völkel fühlte sich gut. Warum nicht ein bisschen Provokation?

Er brauchte zwei, drei Minuten, bis er wieder die innere Ruhe gefunden hatte und den Blick auf den See genießen konnte. Allerdings störte noch immer der Zaun. Wie lange würden die Dörfler ihn stehen lassen, wann würde der Erste beginnen, ihn einzureißen? Verständnis hätte er dafür.

Ab und an schob sich eine Wolke vor die Sonne. Völkel beobachtete, wie sich ihr Schatten auf der Wasseroberfläche näherte, wie er ihn selbst erreichte, aber schon kurz danach glitzerten die Wellen wieder golden und er saß erneut im Sonnenschein. Er hätte noch lange hier sitzen können, einfach so, ohne an etwas zu denken, aber das ging ja nicht. Jemand, der ihm etwas zu-

traute, hatte eine Bitte an ihn gerichtet und den durfte er nicht enttäuschen.
Er wollte gerade aufstehen, Homann zurufen, dass er die Apfelschorle auf seine Rechnung setzen solle, um zu Seiler zu gehen, da sah er, wie Seiler die Terrasse betrat.
„Ich wusste doch, wo ich Sie finden kann."
Einen Moment lang saßen sie zusammen, Völkel erzählte ihm, wie sehr er den Spaziergang durch den Wald genossen hatte, Seiler hörte schweigend zu. Dann brachen sie auf.
Diesmal war es Sarah Boskamp, die ihnen die Tür öffnete. Völkel konnte einen bewundernden Blick nicht unterdrücken. Auf knapp unter vierzig schätzte er sie, also auf ein Alter, in dem bei vielen Frauen die Schönheit verblühte. Sie aber wirkte durchtrainiert, hatte eine straffe Haut, war braungebrannt, ihre hellblonden Haare gaben ihr ein jugendliches Aussehen. Die enge Jeans betonte ihre knackige, sportliche Figur, beim Lächeln funkelten ihre Augen. Sicherlich war es der Sport, der sie so jung und attraktiv gehalten hatte, vermutete Völkel.
Natürlich hatte sie seinen bewundernden Blick bemerkt und lächelte ihn an.
„Oh, welche Ehre", sagte sie, „jetzt kommt die Polizei sogar zu zweit zu mir. Bisher war es ja nur einer." Sie wandte sich von Völkel ab und blickte Seiler an.

War das Geringschätzung, weil Seiler bei der ersten Begegnung zu wenig Bewunderung gezeigt hatte? Egal, dachte Völkel, er selbst würde gleich, bei der Befragung, auch ihre Sympathie verlieren.

Sarah Boskamp bat sie einzutreten. Sie führte sie in einen Raum am Ende des Flures. Es war ein Büroraum mit einem großen Schreibtisch direkt vor dem Fenster und einem Ledersofa an der gegenüberliegenden Wand. Überall an den Wänden hingen Fotos mit Unterwassermotiven. Völkel war sofort fasziniert. Bis zu seiner Schussverletzung, die seine Polizeiarbeit so plötzlich beendet hatte, war er auch gerne getaucht. Im Roten Meer am liebsten, wo er Delphine, Haie und Dugongs gesehen hatte, aber auch damit war jetzt Schluss. Seine Panikattacken, die ihn seit der Schussverletzung unvermittelt überkamen, ließen kein Tauchen mehr zu.

Er trat nahe heran und sah sich die Bilder genau an, auch auf die Gefahr hin, dass sie ihn melancholisch machten, zu sehr faszinierte ihn noch immer die Unterwasserwelt. Es waren Bilder von heimischen Fischarten, wunderbare Aufnahmen von Hechten, aber auch von Barschen und Krebsen. Völkel konnte ein Nicken nicht unterdrücken, Sarah Boskamp bemerkte es.

„Interessieren Sie sich fürs Tauchen?"

Völkel nickte. „Bin früher selbst gerne getaucht."

„Und heute?"

Er winkte ab. „Das ist eine lange Geschichte."

„Ich könnte Sie ja mal mitnehmen bei einem meiner Tauchgänge."

Um Gottes Willen, Völkel schüttelte den Kopf. Er merkte, dass er mit dem Ansehen der Bilder einen Fehler gemacht hatte. Jetzt bloß keine Diskussion über das Tauchen. Er hatte sich abgefunden damit, dass er es nicht mehr konnte. Jedes Gespräch darüber riss alte Wunden auf und das war das Letzte, was er wollte.

Sarah Boskamp merkte es. Sie bat Seiler und ihn, auf dem Sofa Platz zu nehmen. Sie selbst setzte sich auf den Bürostuhl vor ihrem Schreibtisch.

„Wenn Sie gerne getaucht sind, werden Sie jedenfalls Verständnis dafür haben, dass alle im Dorf verärgert sind über Nölthings Verbote. Der See ist ein wunderbares Tauchgebiet. Die meisten Fotos, die hier hängen, habe ich dort gemacht. Es gibt hier kapitale Barsche." Sie wies mit der Hand auf eines der Fotos, aber Völkel schaute nicht hin. „Manche von denen sind so zutraulich, dass sie einem Taucher die Würmer aus der Hand fressen. Dazu haben wir hier Zander, Hechte und Krebse. Der See ist ein intaktes Ökosystem, viele sind von weither gekommen, um hier zu tauchen." Sie lächelte. „Wissen Sie, was mir am liebsten hier am See war?"

Völkel zuckte mit den Schultern, Seiler schüttelte den Kopf.

„Am liebsten sind mir die ins Wasser hängenden Zweige der Weiden mit den Fadenalgen daran. Unter Wasser ist das ein wunderschöner Anblick."

Sie schwieg einen Augenblick lang und schaute aus dem Fenster. Völkel schwieg ebenfalls und hoffte, dass Seiler sich nicht mit einer Frage einmischen würde. Die Frau hatte von sich aus begonnen, zu erzählen. In so einer Situation war es am besten, abzuwarten, was sie noch ausplaudern würde.
Plötzlich gab sie sich einen Ruck. „Und das alles beanspruchte nur noch ein Mann, ein einziger!“, rief sie. „Das war doch Unsinn, eine Frechheit war das. Was wusste der denn von der Schönheit gerade dieses Sees?“ Sie holte tief Luft. „Nichts wusste der davon, gar nichts. Ich kenne alle Seen in der Gegend, dieser ist etwas Besonderes!“
Ihre Mundwinkel verzerrten sich, ihre Stirn zeigte Falten, die Völkel vorher nicht an ihr bemerkt hatte. Von einem Moment zum anderen sah sie so alt aus, wie sie wirklich war.
„Dass so etwas überhaupt möglich ist, dass das nicht verboten wird …“ Sie schüttelte den Kopf, Völkel nickte unmerklich. Ja, es war richtig gewesen, sie reden zu lassen. Sie hatte ihm die Schönheit des Sees erklären wollen und sich dabei in Rage geredet. Sie hatte ihm verraten, wie groß ihre Wut auf Nölthing war. Auf Fragen von ihm hätte sie sicher vorsichtiger reagiert. Aber ob ihre Wut ausgereicht hatte für einen Mord? Dazu reichte noch nicht, was Völkel über sie wusste. Er musste mehr erfahren, viel mehr.

„Haben Sie Ihre sportliche Figur allein durch das Tauchen?“, fragte er. „Oder betreiben Sie noch anderen Sport?“

„Ich war mal Fünfkämpferin.“ Sie sah Völkel mit einem Blick an, als hätte er es wissen müssen.

Seiler mischte sich ein. „Ja, Frau Boskamp war eine sehr gute Fünfkämpferin. Sie hat an den Olympischen Spielen teilgenommen und eine Silbermedaille gewonnen.“

„In der Mannschaftswertung“, ergänzte Sarah Boskamp.

„Trotzdem, Respekt.“ Völkel nickte anerkennend. „Eine Olympiamedaille, das kann sich sehen lassen.“

Ihr Gesicht bekam wieder denselben Ausdruck wie vorhin, als sie Völkels bewundernden Blick bemerkt hatte. Ja, sie war anfällig für Komplimente, merkte er. Sehr sogar.

„Zum Modernen Fünfkampf gehört auch das Schießen“, sagte er und beobachtete genau ihre Reaktion. „Dann sind Sie eine gute Schützin.“

Er merkte, dass Seiler ihn überrascht ansah. Über diesen Zusammenhang hatte er offensichtlich noch nicht nachgedacht. Die Falten auf Sarahs Boskamps Stirn zeigten, dass sie den Zusammenhang auch durchschaute.

„Beim Fünfkampf schießt man mit Pistole“, antwortete sie, „nicht mit einem Gewehr. Und wenn ich mich recht erinnere, soll dieser Nölthing damit erschossen worden

sein.“ Auch jetzt gab sie sich keine Mühe, ihre Missachtung zu verbergen.
Völkel schüttelte den Kopf. „So groß ist der Unterschied nicht. Wer gut mit einer Pistole zielen kann, kann es auch mit einem Gewehr.“
Für ein, zwei Sekunden machte sie dieser direkte Angriff sprachlos.
„Ich habe kein Gewehr“, sagte sie dann. „Selbst die Sportpistole habe ich nach Beendigung meiner Laufbahn abgegeben. Das einzige, was ich an Waffen habe, ist eine Harpune, mit der ich schon mal unter Wasser auf Jagd gegangen bin. Aber selbst das ist schon lange her.“
Völkel merkte deutlich, dass er seine Sympathie bei ihr verspielt hatte. Aber das war ihm egal. Er war nicht hierher gekommen, um sich beliebt zu machen, er wollte helfen, einen Mörder zu finden.
„Wo waren Sie denn Freitagnachmittag, als der Mord geschah?“
„Da war ich bei Theo Homann auf der Hotelterrasse.“
„Ach, Sie auch. Da waren alle, die wir befragen.“
„Kein Wunder. Jeder geht am Freitag dorthin. Das hat Tradition. Ist ja sonst nichts los im Dorf.“
„Ob das der Mörder gewusst hat?“, fragte Völkel. „Ob er das eingeplant hat? Alle waren abgelenkt, und er konnte in Ruhe seinen Mord begehen.“

Statt überrascht zu sein oder noch ärgerlicher als vorher zu reagieren, nickte sie nur. Eine Reaktion, die Völkel enttäuschte.

„Klar“, antwortete sie, „wenn er die Gepflogenheiten im Dorf kennt, hat er das natürlich gewusst.“

„Oder es war umgekehrt!“, rief Völkel. „Alle haben sich absichtlich bei Homann getroffen, damit der Mörder ungestört seine Tat verüben konnte. Auf diese Weise gab es keine Zeugen und alle haben ein Alibi. Was halten Sie von dieser Schlussfolgerung?“

„Gar nichts.“ Nicht einen Moment lang zögerte sie bei dieser Antwort. Entweder war sie so sehr von ihrer Meinung überzeugt, oder es war genau das Gegenteil. Sie wollte vehement abstreiten, was sie ahnte oder vielleicht sogar wusste.

„Das würde ja bedeuten, dass das ganze Dorf Bescheid wüsste und mit dem Mörder unter einer Decke steckt!“, sagte sie schließlich.

Seiler nickte heftig. „Warum nicht?“, rief er. „Einer hat gefehlt beim Treffen am Freitag und der wird uns nicht genannt.“

„Es fehlen immer welche“, antwortete sie, „das Treffen ist ja keine Pflichtveranstaltung.“

„Und wer?“

„Was weiß ich. Das Dorf ist zwar nicht groß, aber ich achte doch nicht auf jeden.“

„Es geht auch einfacher“, ergänzte Völkel. „Nicht alle wussten Bescheid, sondern nur einige. Die wussten, welches der beste Zeitpunkt für den Mord war, sie haben den Mörder bestimmt und der hat dann den Plan ausgeführt. Einer muss es halt tun und die anderen haben ein Alibi."

Sie sah ihn mit weit aufgerissenen Augen an. „Krank", sagte sie dann, „das ist doch krank, was Sie da sagen. Dann wäre ja mindestens das halbe Dorf ..."

Sie sprach es nicht aus. Völkel sah Seiler an und schüttelte leicht mit dem Kopf. Nichts sagen jetzt, sollte das heißen. Lass sie weiter rumspekulieren, mal sehen, was alles zu Tage kommt. Aber sie sagte nichts weiter.

„Erklären Sie meinem Kollegen noch, ob sie von allen auf der Terrasse gesehen worden sind oder ob Sie, von wenigen bemerkt, in einer Ecke gesessen haben", sagte Seiler.

Sie grinste. „Sehe ich so aus, als müsste ich mich in einer Ecke verkriechen?"

Da war sie wieder, ihre Eitelkeit. Auch Völkel musste grinsen.

„Nein, so sehen Sie nicht aus", sagte er, „ganz und gar nicht. Und selbst wenn sie in einer Ecke gesessen hätten, ich hätte sie auf jeden Fall bemerkt."

Es kam darauf an, sich einen guten Abgang zu verschaffen, glaubte Völkel. Erst mal kamen sie nicht weiter, aber sie würden sie vielleicht noch mal brauchen und dann wäre es gut, nicht gleich auf Ablehnung bei ihr zu stoßen. Auch das hatte immer zu seinen Gesprächsmethoden gehört. Das nächste Gespräch schon

mal vorzubereiten, wenn man mit dem vorigen nicht weiterkam.
Aber sie lächelte nicht mal. Solche Sätze waren für sie offensichtlich längst Routine geworden. Egal, dachte Völkel, seine Wirkung dürfte er trotzdem nicht verfehlt haben. Und einzig darauf kam es an.
Als sie sich von Sarah Boskamp verabschiedet hatten, wollte Seiler zielstrebig auf sein Behelfsbüro zusteuern, aber Völkel hielt ihn am Jackenärmel fest.
„Wir müssen diese Sarah Boskamp im Auge behalten", sagte er. „Sie hat ein Motiv, ihre Wut auf Nölthing hat sie auch jetzt nicht unterdrücken können, nicht mal vor uns. Und außerdem war sie in der Lage dazu, den Mord auszuführen. Der Mörder war ein guter Schütze."
„So gut auch nicht. Er hat zwei Schüsse gebraucht."
„Aber auf große Entfernung. Das dürfen wir nicht vergessen."
Seiler nickte kurz, schüttelte im nächsten Moment aber mit dem Kopf. „Was soll ich machen? Soll ich sie beschatten lassen? Aber dafür fehlen mir die Leute."
„Mir wäre wohler, wenn wir wüssten, was sie unternimmt", antwortete Völkel. „Ich weiß nicht genau warum, es ist so ein Gefühl. Ich wüsste gerne mehr über sie."
Seiler lachte nicht, er nahm Völkels Gefühl ernst. „Mal sehen, was sich machen lässt", entgegnete er und wollte jetzt endgültig zu seinem Büro, aber Völkel hielt ihn wieder fest.

„Moment. Ich bin mit einem Versprechen hierher gelockt worden und spätestens jetzt ist der Zeitpunkt gekommen, dass das eingehalten wird."
„Ein Versprechen?" Seiler war völlig überrascht. „Was denn für ein Versprechen?"
„Dass Wittenberg so schön sein soll. Damit bin ich hierher gelockt worden, vielleicht erinnern Sie sich. Und das habe ich meiner Tochter auch als Begründung für meine Reise genannt und jetzt will ich, dass das Versprechen eingehalten wird."
„Sie wollen, dass ich Ihnen jetzt Wittenberg zeige?" Seiler stand die Überraschung ins Gesicht geschrieben.
„Genau das."
„Aber der Fall", antwortete Seiler. „Vier Tage sind vergangen und ich bin keinen Schritt weitergekommen. Ich kann doch jetzt keine Stadtführung übernehmen."
Das Entsetzen stand ihm ins Gesicht geschrieben, Völkel musste lachen. Nein, unsympathisch war ihm Seiler nicht. Vielleicht begann er sich auch deshalb langsam mit dem Gedanken vertraut zu machen, dass er hier mehr als die vereinbarten ein, zwei Tage verbringen würde.
„Warum nicht? Ich mache Ihnen einen Vorschlag. Sie zeigen mir das Wichtigste in Wittenberg, dann setzen wir uns in einem Café zusammen und werten aus, was wir bisher wissen. Sie werden sehen, wir kommen weiter."

Richtig überzeugt davon war er zwar selber nicht, aber Optimismus zu verbreiten selbst da, wo es keinen Anlass dafür gab, war auch Teil einer Strategie, die irgendwann zum Erfolg führen würde.
Seiler atmete tief durch. „Na gut, so weit entfernt ist es ja auch nicht“, sagte er dann.
Gut eine halbe Stunde später liefen sie durch Wittenberg, und Völkel stellte überrascht fest, dass alles Sehenswerte sich in einer einzigen, langen Straße befand. Sie kamen an Luthers Wohnhaus vorbei und Völkel erfuhr, dass Luther manchmal über 30 Gäste zum Mittagessen empfangen habe. Luther war großzügig, seine Frau musste den Haushalt zusammenhalten, nicht zuletzt für ihre Kinder. Dann folgten das Haus von Luthers treuestem Mitstreiter, Philipp Melanchthon, dann die Universität und schließlich standen sie vor der großen Bronzetür der Schlosskirche, wo Luther seine 95 Thesen angenagelt haben soll. Das sei aber umstritten, erklärte Seiler, der wirklich gut informiert war. Vielleicht hätte Luther die Thesen gar nicht angenagelt, sondern nur an den zuständigen Kardinal in Mainz geschickt.
Eine Erklärung, die Völkel nicht gefiel. Viel schöner war doch die Vorstellung, wie der Mönch Luther in der Nacht vor Allerheiligen durch die dunklen Straßen der Stadt schleicht, wie er mit Hammerschlägen, die in den Gassen widerhallen, seinen Zettel mit den Thesen an die Kirchentür hämmert und sich anschließend zurück

in sein Zimmer schleicht. Ja, das war geheimnisvoll, hatte etwas von krimineller Energie, und wie einen Kriminalfall hatte die Kirche Luther und seine Thesen ja auch lange Zeit behandelt. Stattdessen nun einfach nur ein Brief, transportiert mit einer Postkutsche? Er schüttelte den Kopf. Nein, da blieb er doch lieber bei seiner alten Vorstellung.

Später saßen sie in einem Biergarten nicht weit entfernt von der Schlosskirche. Seiler hatte es plötzlich gar nicht mehr eilig, über den Fall zu reden, sondern erzählte wieder über sich. Er gehe gern mit seiner Frau und Robert diese Straße entlang, erzählte er. Es sei eine Straße, die Geschichte ausstrahle, große Geschichte sogar. Das würde seine Phantasie wecken, und er könne sich dann die tollsten Dinge vorstellen. Luther, Melanchthon und den großen Maler Lucas Cranach, wie sie gemeinsam die Straße hochkämen, um zu einem Gottesdienst zu gehen.

Dann wollte er plötzlich etwas von Völkel wissen, wie er lebe, ob er Familie habe.

Völkel erzählte von seiner gescheiterten Ehe, von seiner Frau, die nun in Bremen lebe und inzwischen den dritten Lebenspartner seit der Trennung habe, während er noch immer solo sei. Er erzählte von seiner Tochter Kathrin, die auch in keiner Beziehung lebe, aber einen Sohn habe, seinen Enkel Patrick, den er über alles liebe. Regelmäßig alle zwei, drei Wochen fahre er nach Düsseldorf, um die beiden zu sehen. Er merkte

selbst, wie viel Begeisterung seine Stimme ausdrückte, als er von Patrick sprach. Rolf, sein Sohn, der wie er in Dortmund wohne, habe wenig Zeit für ihn.
„Eine feste Beziehung hat der auch nicht. Manchmal stellt er mir eine Frau vor, die ich aber danach nicht mehr wiedersehe." Völkel lächelte. „Irgendwie haben wir alle einen Platz im Leben gefunden", sagte er, „aber jeder steht dort für sich allein."
Seiler hörte schweigend zu, beim letzten Satz von Völkel senkte er den Blick. Ob da was im Busch war? Ob sich da auch jemand aufmachte in die zwischenmenschliche Einsamkeit? Das Gespräch drohte, eine zu persönliche Wendung zu nehmen, die peinlich werden konnte und an der er nicht mal unschuldig war. Völkel schreckte auf. Höchste Zeit, das Gespräch zu beenden.
„Also, wo stehen wir?", fragte er und verbesserte sich sofort. „Wo stehen Sie?"
Seiler konnte ein Schmunzeln nicht unterdrücken. „Also gut, ich finde auch, dass wir die Boskamp im Auge behalten sollten." Er betonte dabei das Wir ganz bewusst. „Mal sehen, wie ich das machen kann."
Völkel nickte. „Trotzdem, diese Überlegungen sind alle noch nicht systematisch genug. Einzelne Aspekte zu verfolgen bringt höchstens zufällig was. Besonders, wenn man erst am Anfang der Ermittlung steht."
Seiler sah ihn mit großen Augen an, Völkel war selber überrascht von seinem Satz. Aber er merkte plötzlich, dass es die ganze Zeit unterschwellig in ihm gearbeitet

hatte. Sie mussten anders vorgehen, das war ihm klar geworden. Sie mussten sich einen viel umfangreicheren Überblick verschaffen.

„Wir müssen jetzt zwei Schritte unternehmen“, erklärte er, „und jetzt sage ich ganz bewusst wir, denn dabei will ich noch mithelfen.“

„Was denn für Schritte?“

„Wir müssen als erstes noch für diesen Abend eine Versammlung aller Dorfbewohner einberufen. Eine Streife aus Wittenberg muss kommen und sie alle zusammentrommeln. Dann fühlen wir ihnen auf den Zahn und werden sehen, ob sie wirklich eine Front sind, und vor allem, ob sie das unter Druck auch bleiben wollen.“

„Eine Versammlung aller Dorfbewohner?“ Seiler stand die Überraschung ins Gesicht geschrieben.

„Klar!“ Völkel nickte eifrig. „Wir müssen Misstrauen unter ihnen säen, wir müssen sie unter Druck setzen. Einer von ihnen wird dann schon umfallen. Oder sie werden nervös und machen im weiteren Verlauf unserer Ermittlungen Fehler. Versammlungsort muss natürlich das Hotel sein. Das Gesellschaftszimmer vielleicht, oder wenn es noch warm genug ist, auch die Terrasse. Wir müssen sie da in die Enge treiben, wo ihre Pläne entstanden sein könnten und wo sie sich sicher fühlen.“ Er schwieg einen Moment lang. „Wenn sie denn solche Pläne entwickelt haben, heißt das“, fügte er dann hinzu.

„Zweifeln Sie daran?“

„Das nicht. Aber Beweise haben wir nicht. Und so lange dürfen wir keine andere Möglichkeit aus den Augen lassen. Wir müssen in alle Richtungen ermitteln."
Seiler nickte. „Ja, daran habe ich auch schon gedacht. Wir müssen uns noch mal seine privaten Verhältnisse ansehen, das meinen Sie doch, oder?"
Völkel nickte.
„Ich habe da schon recherchiert, kurz nach dem Mord, am Samstag, aber vielleicht habe ich was übersehen, besser gesagt überhört." Er zog einen Zettel mit einer Telefonnummer aus der Tasche, den er einen Moment lang hochhielt. „Die Telefonnummern von Nölthings geschiedener Ehefrau und von ihrem Sohn."
Völkel ließ ihn telefonieren, Seiler war umsichtig, merkte er. Genau das war es, was er an seiner Stelle auch getan hätte. Gott sei Dank erreichte Seiler die Frau sofort. Völkel hörte nur halb hin, sondern konzentrierte den Blick auf die schöne Schlosskirche, auf deren runden Turm, den man besteigen konnte, und auf die Bronzetür mit den Thesen. Er versuchte, sich das Bild einzuprägen, um später Kathrin und Patrick davon berichten zu können.
Als Seiler Völkel später einen Bericht über die Ergebnisse seines Telefonats gab, merkte er, dass er das meiste auch so verstanden hatte.
„Ihre Ehe wäre schon lange kaputt gewesen, hat die Frau erzählt. Eigentlich wären sie nur dem Sohn zuliebe noch ein paar Jahre zusammengeblieben, bis der das

Abitur gehabt habe, dann wäre es einfach nicht mehr gegangen. Sie seien zu verschieden, ihr Mann beruflich ehrgeizig, an Geld interessiert, während sie sich lieber mit geistigen Dingen beschäftige. Sie gehe gern ins Theater oder in eine Ausstellung, das alles sei mit ihrem Mann nicht zu machen gewesen. Dass er jetzt einen ganzen See für sich beanspruchte, hätte sie nicht überrascht", erklärte Seiler. „An der Stelle hat sie sogar gelacht. Das passe zu ihm, hat sie gerufen. Genau so würde er denken. Was ich mir gekauft habe, das gehört mir auch, und zwar ganz und gar. Egal, was die Leute um ihn herum davon halten oder nicht. Diese normalen Leute, hat sie erklärt, hätten ihren Mann sowieso nie interessiert. Auf die hätte er nur mit Verachtung herabgeschaut. Das sei schon immer so gewesen. Sie selbst wohnt jetzt in der Schweiz, ihr Sohn Raimund studiere in Leipzig. Viel Kontakt hätte er nicht mit seinem Vater. Ihm sei der Junge nicht hart genug, was in seinem Falle rücksichtslos heiße. Da gebe es aber noch einen Kompagnon, einen Samuel Reiter, mit dem ihr Mann sich den Betrieb teile. Sie seien beide Inhaber des Betriebs, wahrscheinlich besäße ihr Mann aber die Mehrheit, hat sie gesagt. Alles andere würde nicht zu ihm passen. Von dem Kompagnon wisse sie aber nicht viel, hätte ihn nur ein-, zweimal flüchtig gesehen. Ein Typ so ähnlich wie ihr Mann, vermutete sie. Ob er eine neue Beziehung habe, wisse sie nicht. Vermutlich wäre das

so, denn er hätte dauernd irgendwelche Weibergeschichten. Das wäre schon früher so gewesen."
Seiler versuchte weiter, über Telefon Informationen zu sammeln, während Völkel den Blick die Straße hinunter genoss, hatte aber kein Glück mehr. Bei Raimund Nölthing meldete sich nämlich niemand, im Betrieb erreichte er zwar eine Sekretärin, die ihm aber mit emotionsloser Stimme, wie er Völkel kurz darauf erzählte, mitteilte, dass Herr Reiter mit dem Auto auf Geschäftsreise unterwegs sei. Er hätte sich zwischendurch gemeldet und sie hätte ihm erzählt, was passiert sei, woraufhin er versprochen habe, schnell zurückzukommen. Sie gab ihm sogar die Handynummer, aber das Handy war, als Seiler die Nummer anrief, ausgeschaltet. Seiler verzichtete darauf, ihm eine Nachricht zu hinterlassen, was Völkel richtig fand. Nicht vorwarnen. Auf Überraschung zu setzen war immer am besten.
Seiler schüttelte den Kopf. „Da ist ihr Chef gestorben und die Sekretärin teilt mir das mit wie eine Nachricht über Börsenkurse."
„Wer weiß, wie der sich ihr gegenüber verhalten hat. Vielleicht erntet man am Ende des Lebens ja doch, was man vorher gesät hat", antwortete Völkel.
„Das wäre ja ein optimistisches Menschenbild."
„Finden Sie?" Völkel war sich wirklich nicht sicher darüber.

## 8.

Er saß allein auf einer Bank und starrte auf das Display seines Handys. Gleich würde eine Nachricht kommen, er wusste es. Eine Nachricht, auf die er mit Spannung wartete. Mit viel Spannung sogar, obwohl er den Inhalt längst ahnte. Er hatte das Foto vom Laptop aus losgeschickt. Es war ein gutes Foto gewesen, erstaunlich scharf sogar angesichts des Schreckens, unter dem es entstanden war. Alles Wichtige war darauf zu erkennen, es gab keinen Zweifel daran, wen es zeigte.

Wenn du willst, dass ich es lösche, musst du etwas unterschreiben, hatte er unter das Foto hinzugefügt. Du weißt, was ich damit meine, daran führt kein Weg vorbei. Denk dran, was passieren würde, wenn das Foto anderen Leuten in die Hände fallen würde, der Polizei zum Beispiel. Du weißt, dass du dann erledigt wärst. Und komm mir nicht mit der Ausrede, dass dir eine Unterschrift nicht helfen würde, weil ich weitere Kopien haben könnte. Du musst mir schon glauben, dass ich die Löschtaste drücke und es dann weg ist. Für immer und ewig. Ja, das musst du mir glauben.

Er starrte weiter auf das Display, aber es kam keine Antwort.

Ja, jetzt überlegst du, dachte er. Jetzt denkst du fieberhaft darüber nach, ob es einen anderen Ausweg für dich geben könnte als meine Bedingungen zu akzeptieren.

Aber es gibt keinen, glaub mir. Es gibt nur den einen Weg, den ich dir vorschlage.

Er hob den Kopf und blickte sich um. Die Bank, auf der er saß, stand an einem Waldrand, drüben, auf der anderen Seite des Weges, erstreckten sich abgeerntete Felder. Er war allein hier. Niemand bekam mit, dass er hier saß und auf eine wichtige SMS wartete.

Er hatte ein gutes Gefühl. Ja, er hatte sich die Sache bestens ausgedacht und alles richtig gemacht. Vor allem hatte er in der entscheidenden Sekunde, als es drauf ankam, richtig gehandelt. Er staunte selbst, dass es ihm trotz der gefährlichen Situation gelungen war, ein so scharfes Foto zu schießen.

Und Rücksicht, dachte er, Rücksicht darfst du von mir nicht erwarten. Hast du etwa welche auf mich genommen? Nein, das hast du nicht. Du hast auf mich gezielt, hast mir nach dem Leben getrachtet. Deshalb wirst du nicht ernsthaft erwarten, dass ich Rücksicht auf dich nehme. Nein, das wirst du nicht. Und auf Wulf hast du auch keine Rücksicht genommen, auf den schon gar nicht. Aber das kann mir egal sein. Das heißt, richtig egal ist es mir gar nicht. Jetzt, wo die Situation so ist, wie sie ist, wäre es ja blöd, wenn ich sie nicht für mich nutzen würde.

Ja, damit hast du nicht gerechnet. Deshalb auch dein langes Zögern. Von Sekunde zu Sekunde wird dir klarer, dass ich dich in der Hand habe und dass es keinen anderen Weg gibt als den, den ich dir gezeigt habe.

Entweder du kriegst das Foto oder du bist in Schwierigkeiten. In erheblichen Schwierigkeiten sogar. So einfach ist das.
Plötzlich piepte sein Handy, die SMS war da. Na bitte, hat zwar lange gedauert, aber dann bist du doch vernünftig geworden.
Er musste grinsen.
Klar, du willst mich treffen, das dachte ich mir. Aber warum dann am See? Warum ausgerechnet da? Jetzt sag bloß nicht, dass es auf dem Boot sein soll, ausgerechnet da. Das kannst du nicht ernsthaft vorschlagen. Auf das Boot gehe ich nicht mehr. Nie mehr gehe ich an Deck.
Er las noch mal die Botschaft. Nein, am See sollte es sein, nicht auf dem Boot. Er atmete tief durch. Allein der Gedanke, noch einmal dort zu sein, trieb ihm den Schweiß auf die Stirn. Und auch nicht mitten im Wald, das war ihm zu gefährlich. Ein ungestörter, aber nicht einsamer Ort, das sollte es sein. Er schickte eine SMS zurück. Ist gut, aber nicht direkt am See, schrieb er, das ist mir zu gefährlich. Man kann dort gesehen werden. Ein Stück vom Ufer entfernt, das ist sicherer, für dich und für mich. Aber auch nicht mitten im Wald, das will ich nicht. Und vergiss nicht, die Uhrzeit vorzuschlagen!
Wieder musste er einen Moment lang warten, dann kam die nächste SMS.

Ist gut, nicht am See, las er. Lass uns auf dem Weg treffen, der vom Feld in den Wald führt. Ein Stückchen in den Wald hinein, da ist ein Gebüsch, an dem wir ungestört sind. Und keine Tricks. Ich unterschreibe. Danach lass mich in Ruhe, kreuz nie wieder meinen Weg!

Er musste grinsen. Nein, dazu bestand kein Anlass. Ihre Wege würden sich nie wieder kreuzen. Wozu auch?

## 9.

Seiler hatte sogar zwei Streifenwagenbesatzungen in Wittenberg loseisen können. Völkel beobachtete nach seiner Rückkehr in sein Hotelzimmer vom Fenster aus, wie die Polizisten zu zweit von Haus zu Haus liefen und die Leute zur Bürgerversammlung zusammentrommelten. Vorher hatte er das Hotelzimmer noch für eine weitere Nacht gebucht, Homann war nicht überrascht gewesen. Wenn bei ihm noch eine Dorfversammlung stattfinden sollte, würde sein Gast ja nicht direkt danach wegfahren, das war ja klar.

Völkel sah die Reaktionen der Leute an der Haustür, die lautstark antworteten und dabei heftig mit den Armen in der Luft rumfuchtelten. Sie waren wütend, das war nicht zu übersehen, sie wollten nicht kommen. Vielleicht waren sie auch besorgt. Sie alle zusammen sollten Auge in Auge mit der Polizei Rede und Antwort stehen. Sicher spürten sie die Gefahr, die ja auch wirklich bestand.

Völkel sah aber auch, wie die Polizisten ruhig blieben, egal wie heftig die Ablehnung war, wie sie ihr Anliegen geduldig vortrugen und schließlich Erfolg zu haben schienen, denn von den allermeisten Bewohnern verabschiedeten sie sich mit Handschlag. Also waren sie einverstanden

Es war aber kein Einverständnis, das weit führen sollte, schon gar nicht zu Offenheit, denn als Völkel und Seiler um kurz nach sieben das überfüllte Gesellschaftszimmer des Hotels betraten, empfing sie eisiges, fast bedrohliches Schweigen. Homann hatte eine Kellnerin engagiert, eine kräftige Blondine, der es leicht fiel, die schweren Tabletts mit den Biergläsern darauf in den Raum zu schleppen. Er selbst hatte sich demonstrativ in eine Stuhlreihe zwischen die Leute gesetzt. Bei dieser Veranstaltung wollte er nicht der Gastgeber sein, sondern sich mit den anderen solidarisieren.

Nein, nicht nur solidarisieren, dachte Völkel, während er sich durch die Stuhlreihen zum Tisch nach vorn quetschte, am liebsten möchte er sich zum Opfer stilisieren, genau wie alle anderen.

Isabel war auch gekommen, sie saß aber nicht auf einem der Stühle, sondern stand am Kopfende des Saals lässig gegen die Wand gelehnt. Sie trug einen weiten, gelben Pullover, dazu eine Jeans, die wieder ihre knackige Figur betonte. Was hatte das zu bedeuten? War das Distanzierung? Und vor allem, wer distanzierte sich von wem? Sie sich von den Dorfbewohnern oder die sich von ihr? Völkel beschloss, sie im Auge zu behalten, was sowieso unvermeidlich war. Fast magisch fühlte er sich von ihrem Anblick angezogen. Die merkwürdige Begegnung in der Nacht, dazu ihre auffällige Sonderrolle bei der Versammlung, immer mehr hatte er das Gefühl, dass der Schlüssel zur Lösung über sie führen könnte.

Holger Knapp saß mitten unter den Leuten, auch das vermutlich eine Demonstration. Ich beanspruche hier keine Sonderrolle, schien er sagen zu wollen, ich bin einer von Vielen. Wir alle hier haben in gleicher Weise Recht. Seine Frau saß links neben ihm. Sie blickte manchmal verstohlen zu ihm hinüber. Wollte sie ihn im Auge behalten, damit er nichts Falsches tat? Oder war es umgekehrt so, dass sie sich bei ihm vergewissern wollte, alles richtig zu machen? Schräg hinter den beiden saß eine Frau, die Völkel gefiel. Nicht ganz so sehr wie Isabel, aber immerhin. Sie hatte kurze, schwarze Haare, trug eine schwarze Bluse und eine ebenso schwarze Jacke. Geschmackvoll sah das aus, vor allem aber gefielen ihm ihre lebhaften Augen. Während die anderen verschlossen wirkten und sich krampfhaft bemühten, distanziert und gelangweilt dreinzuschauen, konnte sie ihre Lebhaftigkeit nicht unterdrücken. Zwischendurch sah es sogar so aus, als würde sie schmunzeln. Auch der alte Mann, den Völkel aus dem Fernsehfilm von der Demo kannte, wo er humpelnd mitgelaufen war, war gekommen und hatte sich einen Platz am Fenster gesucht.

Sarah Boskamp hatte sich, gut sichtbar für alle, in eine vordere Reihe am geöffneten Fenster gesetzt.

An einem Tisch neben dem Eingang saßen die beiden Streifenwagenbesatzungen, zwei Frauen und zwei Männer waren es, die übliche Einteilung inzwischen.

Als sie den Tisch vor den Stuhlreihen erreichten, setzte sich Völkel sofort auf einen der beiden Stühle und überließ Seiler die Begrüßung. Nach Möglichkeit könnte er auch die ganze Befragung durchführen, Völkel würde sich am liebsten auf die Rolle des Beobachters beschränken. Auf die Position dessen, der jede Reaktion, jedes Verziehen eines Mundwinkels, jedes Zucken eines Arms registrieren konnte. Auf diese Weise würde er am meisten von dem mitbekommen, was hier lief. Außer natürlich, jemand stand auf, fing an zu reden und verhedderte sich in Widersprüche. Oder jemand sagte ihnen klipp und klar, wer der Mörder war, damit das Dorf und alle seine Bewohner den Alptraum loswerden konnten. Aber solche Ermittlungswunder passierten nicht, schon gar nicht, wenn er, Bernhard Völkel, dabei war. Bei ihm war immer alles mühevoll verlaufen, mit Irrwegen, inneren und äußeren Kämpfen. Ihm war nie was geschenkt worden, die kleinen und die großen Erfolge musste er sich hart erarbeiten. Vielleicht war ihm

Seiler auch deshalb sympathisch, er schien ein ähnlicher Typ zu sein. Nur etwas sanfter vielleicht.
Seiler setzte sich erst gar nicht an den Tisch, wie Völkel es tat, sondern stellte sich dahinter, stützte die Hände auf, atmete tief durch und wartete. Zwischendurch schaute er einmal kurz zu Völkel herunter, der verstand, was der Blick zu bedeuten hatte. Jetzt kommt es drauf an, sollte das heißen. Jetzt müssen wir alle Register ziehen. Helfen Sie mit. Sie waren es ja, der diese Aktion vorgeschlagen hat.
Völkel bemerkte plötzlich, wie bedrückend die Situation war, in der er sich befand. Neben ihm der sichtlich nervöse Seiler, der immer noch nach Atem rang, bevor er zum Reden ansetzen konnte, vor ihm die abweisend schweigende Dorfgemeinschaft. Kein Hüsteln, kein Scharren mit den Füßen, nicht das geringste Geräusch war zu vernehmen. Völkel merkte, wie er selber nervös wurde. Nein, mit so einer Situation hatte er nicht gerechnet, weiß Gott nicht.
Seiler begrüßte zuerst die Dorfbewohner und dankte für ihr Kommen. Ein Zittern in seiner Stimme war unüberhörbar. Völkel beobachtete, wie es die Dörfler aufnahmen, aber sie ließen sich nichts anmerken. Kein Grinsen, keine auffälligen Blickkontakte untereinander. Dabei hatten sie es garantiert registriert. Seiler selbst hatte es auch bemerkt. Schweiß trat ihm auf die Stirn, zweimal blickte er Hilfe suchend zu Völkel herunter. Da war es wieder, das etwas Weiche, Sensible an Seiler,

das Völkel sofort aufgefallen war. Aber er wollte noch nicht eingreifen, die Position des Beobachters schien ihm am meisten Erfolg zu versprechen. Er tat einfach so, als hätte er Seilers Blicke nicht bemerkt und starrte stur geradeaus.

Seiler erzählte jetzt von dem Mord, der diesen schönen Ort belaste. Vor allem im Umfeld hätte dieser Mord für großes Aufsehen gesorgt. Dabei griff er in seine Jackentasche, holte eine Zeitung hervor und hielt sie hoch.

„Hier", rief er, „wer es nicht glaubt, der kann es ja nachlesen. Es ist nicht gut, wenn ein Ort mit solchen Ereignissen Schlagzeilen macht."

Völkel war überrascht. Das war eine gute Aktion, auf die er selbst nicht gekommen wäre. Überhaupt gewann Seiler mit jedem Satz an Sicherheit. Und jetzt gab es auch die ersten Reaktionen, vermutlich, weil die Zuhörer es auch bemerkt hatten. In einer der hinteren Reihen steckten zwei Frauen die Köpfe zusammen und flüsterten sich etwas zu. Knapp drehte sich um und suchte den Blickkontakt. Sofort beendeten die Frauen ihr Flüstern und richteten ihren Blick wieder nach vorn. Jetzt war klar, dass etwas im Vorfeld gelaufen war. Sie hatten sich darüber verständigt, wie sie sich bei der Versammlung verhalten sollten. Sie hatten sich über eine einheitliche Strategie verständigt. Wahrscheinlich war das über Anrufe gelaufen, vermutete Völkel. Und Knapp war es, der ihr Verhalten koordi-

nierte. Er war derjenige, der aufpasste, dass die Strategie eingehalten wurde.
Knapp also, dachte Völkel, wer auch sonst? Über ihn liefen die Fäden zusammen, er hatte alles das, was hier passierte, in der Hand. Aber er allein konnte es nicht sein. Es musste noch andere geben, die den Ablauf steuerten. Nicht allein den Ablauf von heute, sondern überhaupt alles, was mit dem See und Nölthing zusammenhing. Aber wer? Homann vielleicht? Oder die Boskamp? Oder irgendwer, den sie noch gar nicht kannten? Er beobachtete die Gesichter, die der älteren Männer vor allem, weil er glaubte, am ehesten unter ihnen einen der übrigen Mitwisser entdecken zu können, der sich durch Blickkontakt verriet, durch seine Mimik oder was auch immer. Aber es war nicht nur eine Mauer des Schweigens, die vor ihm saß, es war auch eine Wand der versteinerten Mienen. Nichts von ihren Emotionen ließen sie raus. Wenn Völkel zu lange in ein Gesicht schaute und die betreffende Person es bemerkte, blickte sie demonstrativ gelangweilt zum Fenster.
Seiler redete jetzt davon, dass zur Aufklärung des Mordes jeder noch so kleine Hinweis wichtig sei, dass es um ihre Mitarbeit gehe und die Aussagen, wenn es gewünscht würde, auch vertraulich behandelt würden. Absolut vertraulich, betonte er.
Er blickte dabei in die Runde. Und jetzt gab es doch Reaktionen. Verstohlene Blicke wurden ausgetauscht.

Na, wird sich auch niemand darauf einlassen, schien das zu heißen. Die Kontrollblicke schienen alle beruhigt zu haben, jedenfalls schauten alle kurz darauf wieder nach vorn.
Seiler bemerkte es ebenfalls, irritiert sah er zu Völkel herunter. Was jetzt, schien er zu fragen, wie kommen wir weiter? Gibt es noch eine Strategie, die ich anwenden könnte?
Völkel atmete tief durch. Jetzt half alles nichts mehr, die Beobachterposition ließ sich nicht länger halten. Betont langsam erhob er sich und hoffte, dass Seiler weiter stehen bleiben würde. Sie mussten Stärke demonstrieren, mussten sich groß und nicht klein machen. Gott sei Dank reagierte Seiler richtig.
Einen Moment lang schwieg Völkel, dann holte er tief Luft.
„Vor dem Mord hat es heftige Kämpfe zwischen Ihnen und dem Opfer gegeben“, sagte er dann und merkte, wie laut und durchdringend seine Stimme klang. „Da ist Ihnen doch selber klar, was das zu bedeuten hat. Wer hat einen Vorteil von einem Mord, das ist das Erste, was sich die Polizei fragt. Und jetzt dürfen Sie mal raten, an wen wir dabei gedacht haben, als wir uns diesmal die Frage gestellt haben.“ Er grinste breit, einige der Dörfler senkten ihren Blick. Wieder machte er mit Bedacht eine längere Pause.
„Die Aufklärung des Mordes liegt doch auch in Ihrem Interesse!“, fuhr er fort. „Wer will schon gerne mit ei-

nem Mord in Verbindung gebracht werden?“ Plötzlich stutzte er. Eine Idee war ihm gekommen. Ein Gedanke, der vielleicht unbewusst schon vorher in ihm gearbeitet hatte, der ihm aber nicht richtig klar geworden war.
„Wer will schon gerne in einem Dorf wohnen, in dem ein Mörder frei rumläuft?“
Er senkte die Stimme bei diesem Satz und betonte jedes Wort.
„Wer will schon gerne durch das Dorf gehen und denken müssen: Dieser oder jener könnte es gemacht haben. Wer will so etwas erleben? Und wer weiß vor allem, was das noch für Folgen haben kann?“
Es war schon vorher ruhig gewesen, keiner der Leute hatte irgendwas gesagt. Aber jetzt war es ein anderes Schweigen, das sich im Gesellschaftszimmer ausbreitete. Es war eine lähmende Stille, die Entsetzen ausdrückte. Völkel merkte, dass er den wunden Punkt getroffen hatte. Vielleicht war es gar nicht so, wie Seiler und er bisher gedacht hatten. Vielleicht hatten gar nicht ein paar von denen alles ausgeheckt, einen unter ihnen dann bestimmt, die Tat auszuführen, und den anderen ein Alibi gegeben. Vielleicht war das alles gar nicht geplant worden. Vielleicht war auch für sie überraschend der Mord geschehen, bestimmt hatte dann niemand Mitleid mit Nölthing gehabt, woher denn auch, und alle hatten geglaubt, dass es einer von ihnen war. Einer, der es für sie getan hatte und den sie des-

halb decken mussten. Ja, vielleicht war es so. Vielleicht deckten sie einen Mörder, den sie selber nicht kannten. Er nickte unmerklich. Ja, genauso konnte es auch sein. Daher das betretene Schweigen. Er hatte ausgedrückt, was sie seit Tagen dachten.

Plötzlich merkte er, dass Isabel nicht mehr an ihrem Platz stand. Sie hatte begonnen, sich durch die Reihen zu quetschen und strebte dem Ausgang zu. Sie hatte es eilig, merkte er, denn sie nahm keine Rücksicht darauf, ob sie jemanden anstieß oder nicht. Im nächsten Moment war sie verschwunden.

Es war unklar, ob es die anderen registriert hatten. Zu starr war ihr Blick nach vorn ausgerichtet, so dass selbst das Stühlerücken, das ihr Abgang verursachte, sie nicht zum Umdrehen veranlasste.

Völkel merkte, wie er einen Moment lang den Faden verlor. Ich muss sie sprechen, dachte er, ich muss wissen, was ihr Aufbruch zu bedeuten hat. Ob ich die Versammlung sausen lassen soll, um hinter ihr her zu laufen?

Nein, entschied er, das wäre zu auffällig. Das würde die Blicke aller auf sie lenken und Isabel unter Druck setzen. Wenn hinter ihrem Abgang eine Bedeutung steckte, würde sie ihm dann garantiert nichts davon verraten. Er verfolgte sie mit seinem Blick, bis sie den Raum verlassen hatte.

Du bist die Nächste, dachte er, als sie die Tür hinter sich geschlossen hatte. So bald wie möglich wird das

Gespräch stattfinden, das du schon in der Nacht mit mir führen wolltest, wozu dir aber im letzten Moment der Mut gefehlt hat. Es muss eine Bedeutung haben, dass du gerade an dieser Stelle gehst, an der ich davor warne, dass man dem Mörder jederzeit begegnen kann. Kennst du ihn? Willst du ihn decken oder hast du Angst vor ihm?

Es fiel ihm schwer, nach dieser Pause, die höchstens ein paar Sekunden gedauert hatte, die ihm durch seinen Gedankenstrom aber sehr viel länger vorkam, den Faden wieder aufzunehmen.

Deshalb wiederholte er einfach, was er zuletzt gesagt hatte, sprach noch mal von dem Mörder, der unter ihnen sein könnte und den doch wohl niemand decken wolle. Er appellierte, er drohte und merkte immer mehr, dass er sie nicht mehr erreichte. Für einen kurzen Moment hatte sich ein Fenster zu ihnen aufgetan, da hatte er sie erschüttert. Aber unglaublich schnell hatte es sich wieder geschlossen. Gelangweilt schauten sie an ihm vorbei oder durch das Fenster hinüber zum See, der langsam in der Abenddämmerung versank.

Je deutlicher Völkel die Wand spürte, die sich zwischen ihn und die Zuhörer geschoben hatte, desto schwächer wurde seine Rede. Seiler hatte es auch gemerkt. Er lehnte sich zurück, verschränkte die Arme vor der Brust und atmete tief durch. Als Völkel es kurz darauf nicht einmal mehr schaffte, einen Satz logisch zu Ende zu bringen, sprang Knapp plötzlich auf. Er bat nicht ums Wort, er ließ Völkel seinen Stottersatz auch nicht beenden, sondern redete einfach drauflos. An den Blicken der Leute, die sich alle auf ihn richteten, an ihrem zustimmenden Nicken merkte Völkel, dass Seiler und er keine Chance mehr hatten. Einen Moment lang blieb er noch stehen, dann registrierte er, wie hilflos er dabei wirkte, und setzte sich.

Knapp redete über Privatbesitz und dass der nicht als Wert über allem stehen dürfe. Er wiederholte, dass ein ganzer See für einen allein pervers sei. Eine Meinung, die Völkel schon öfter gehört hatte und die er auch selber billigen konnte. Bis vor drei Tagen hätte er gar nicht gewusst, dass so etwas überhaupt möglich war. Was freilich nichts daran änderte, dass Mord nicht zu rechtfertigen war.

„Dass Privatbesitz verpflichtet und dass das Allgemeinwohl vorgeht, steht sogar im Grundgesetz“, rief Knapp unter lautem Beifall der Zuhörer. „Vielleicht möchten die Herren Kommissare da ja mal nachschauen? Ein bisschen Weiterbildung kann nicht schaden.“

Der Beifall schlug um in lautes Gelächter, auch Knapp grinste. Die Hilflosigkeit, nichts tun zu können und einfach alles ertragen zu müssen, machte Völkel wütend. Das Blut stieg ihm in den Kopf, er versuchte, es zu überspielen, indem er eine möglichst gleichgültige Miene aufsetzte, aber er merkte selbst, dass es ihm viel weniger gelang als den Dörflern bei seiner Rede.

„Nein“, rief Knapp, nachdem das Gelächter verebbt war, „wir sind Leute, auf deren Seite das Gesetz steht! Ein Gesetz, das leider viel zu oft vergessen wird.“

Laute Buhrufe ertönten, aber diesmal wartete Knapp nicht, bis es wieder still wurde. „Und weil auf unserer Seite das Gesetz steht“, brüllte er, „sind wir auch keine Mörder!“ Mehrere Zuhörer sprangen auf und brüllten ebenfalls. „Nein, Mörder sind wir nicht!“, schrien sie und drohten mit den Fäusten. „Wir sind keine Mörder!“

Völkel fühlte sich nicht bedroht, er war plötzlich auch nicht mehr wütend, sondern eher amüsiert.

Keine schlechte Show, dachte er, nein, wirklich, das war gut inszeniert. Sehr gut sogar. Aber war es das wirklich, kam es ihm dann in den Sinn. War das ein abgesprochenes Schauspiel oder vielleicht doch echte Wut? Eine Wut, die sich durch Nölthings Verhalten über Wochen und Monate aufgestaut hatte und die in den letzten Tagen durch ihre Ermittlung neue Nahrung bekommen hatte. Er wusste es nicht, es konnte beides sein.

Nein, das merkte er, dieser Abend war ein Reinfall. Sie waren nicht weitergekommen, kein noch so kleines Schrittchen. Er hatte Lust, die Sache abzubrechen und Knapp das Wort zu entziehen. Aber das würde nichts bringen. Die Leute würden weiter auf ihn hören, und Seiler und er stünden noch blöder da als ohnehin schon. Die Leute würden das jetzt auf ihre Weise zu Ende bringen, ganz anders, als Völkel es geplant hatte. Er lehnte sich ebenfalls zurück und verschränkte die Arme vor der Brust. Seiler nickte den vier Polizisten am Eingang zu, dass sie gehen könnten. Kurze Zeit später standen auch sie auf und verließen den Raum. Völkel bemerkte die fragenden Blicke der Dörfler. Wenigstens diese Überraschung war ihnen gelungen.

Kurze Zeit später standen sie in der Dunkelheit des Seeufers. Sie schwiegen. Sie mussten gar nichts auswerten, die Sache war auch so klar. Völkel überlegte kurz, ob er noch nach Isabel suchen sollte, unterließ es aber. Morgen, dachte er, morgen ist der richtige Zeitpunkt dafür. Nicht heute, wo uns die Sache so grandios aus den Händen geglitten ist.

„Wollen Sie nach diesem Erlebnis zurück nach Hause?", fragte Seiler.

„Nach Hause? Jetzt, nach dieser Blamage?" Völkel schüttelte den Kopf. „Nein, jetzt erst recht nicht. Das wäre doch gelacht!"

Seiler lächelte. „Dann hat der Abend doch was Positives gebracht", sagte er.

Völkel freute sich über die Bemerkung. „Wenn Sie das so sehen …"

# 10.

Am anderen Morgen war Isabel nicht mehr da. Völkel war schon um kurz nach sieben aufgestanden, hatte geduscht und war dann runtergegangen zum Frühstück. Homann stand in der Küche, als er dort ankam, und bereitete das Frühstück für die ältere Frau zu, die nach wie vor der einzige Gast neben Völkel war.
Völkel trat an die Tür zur Küche. „Frühstück mit Rührei", orderte er, „und dann will ich Ihre Tochter Isabel sprechen."
„Isabel? Die ist nicht da." Homann schaute nicht einmal auf, während er das sagte.
„So, wo ist sie denn?"
„Was weiß ich." Homann begann, das Frühstücksgeschirr auf ein Tablett zu stellen, und sah auch weiterhin nicht zu ihm herüber. Völkel merkte plötzlich, dass es keine gespielte Lässigkeit war, die ihn dazu bewegte. Homann wollte verhindern, dass Völkel ihm ins Gesicht sah. Er war unruhig, hatte er vielleicht sogar Angst?
„Aber irgendeine Vermutung müssen Sie doch haben. Sie ist immerhin Ihre Tochter."
„Meine Tochter ist alt genug, die weiß, was sie tut." Es klang nicht überzeugend, wie er das sagte, sondern eher so, als müsse er sich selbst Trost zusprechen. Also weiß er nicht, wo sie sich befindet, schlussfolgerte Völkel. Dann ist sie abgehauen, ohne ihm zu sagen, wohin,

und jetzt hat er Angst, dass irgendwas passiert sein könnte.
Isabel, dachte er, ja, sie ist der Schlüssel. Mist, dass ich sie nicht doch schon gestern vernommen habe. Und schade vor allem, dass sie vorgestern nicht mit mir sprechen wollte. Auf dem Hotelflur vor meinem Zimmer, da wäre die beste Gelegenheit zu einem Gespräch gewesen. Dann wären sie in jedem Fall, vielleicht sogar schon entscheidend, weiter.
Einen Moment lang war Völkel geneigt, Homann anzumeckern. Diese plumpe Art, ihm einsilbig zu antworten und dazu noch den Coolen zu spielen, ärgerte ihn. Aber dann merkte er, dass es mindestens so sehr der eigene Fehler war, der seinen Ärger verursachte. Wenn er richtig gehandelt und Isabel rechtzeitig angesprochen hätte, gäbe es diese blöde Situation gar nicht. Gleichzeitig fiel ihm etwas anderes auf. Die Mauer, vor der sie zu stehen glaubten, war gar nicht so geschlossen, wie sie bisher vermutet hatten. Homann, der mit Sicherheit ein wichtiger Stein darin war, war beunruhigt. Etwas war mit seiner Tochter geschehen, mit dem er nicht gerechnet hatte. Und der Grund dafür konnte nur mit dem Mord zu tun haben. Und wenn der Mörder einer der Dörfler war …
Außerdem war Völkel selber besorgt wegen des Mädchens. Sie hatte ihm gefallen, es würde ihm leidtun, wenn sie in Schwierigkeiten geräte.

Jetzt sah Homann ihn doch an. Völkels langes Schweigen hatte ihn offensichtlich irritiert.
„Nun los", sagte Völkel, „ich will wissen, wo sie sein könnte. Wenigstens das werden Sie wohl wissen." Er versuchte, seiner Stimme einen warmen Unterton zu geben. Aggression half nicht weiter, es kam darauf an, dass die Mauer Risse bekam, möglichst viele, damit sie schließlich zusammenbrach.
„Isabel studiert in Halle. Wahrscheinlich ist sie zur Uni, weil sie Vorlesungen oder Seminare hat."
„Haben Sie sie angerufen?"
Homann zögerte einen Moment lang, dann nickte er.
„Und?"
„Sie hat sich nicht gemeldet. Aber das hat nichts zu bedeuten", beeilte er sich hinzuzufügen. „Sie steckt wahrscheinlich in einem Seminar und muss ihr Handy ausschalten."
Völkel merkte, dass er das selber nicht glaubte. Er hatte eine Befürchtung, aber welche das war, würde er ihm garantiert nicht sagen. Also ließ sich Völkel Isabels Adresse in Halle geben. Homann tat es ohne Zögern, vermutlich war er selber froh, dass jemand nachschauen wollte.
Anschließend setzte sich Völkel auf einen Platz auf der Terrasse, fernab von der alten Frau, um nur ja in kein Gespräch verwickelt zu werden. Sie versuchte es trotzdem, aber nach zwei, drei einsilbigen Antworten auf

ihre Fragen, wie er das Wetter finde und was er denn heute vorhabe, unterließ sie es.
Homann beeilte sich tatsächlich, ihm das Frühstück zu reichen, also hatte er wirklich ein Interesse daran, dass schnell jemand dorthin fuhr. Völkel machte, als es ihm auffiel, absichtlich jede Handbewegung mit Bedacht und beobachtete Homann heimlich. Vielleicht ließ sich seine Nervosität noch so weit steigern, dass er doch etwas verriet. Aber außer dass er immer wieder zu Völkel herüberschaute, passierte nichts.
Es war ein warmer Tag, die Sonne spiegelte sich wieder in tausend Glitzersternchen im See. Es wäre ein schönes Frühstück, wenn er nicht dauernd an den Fall denken müsste. Aber gerade der See war es, der ihn daran erinnerte. Vermutlich hatte er genauso geglitzert, als Nölthing erschossen worden war.
Seiler tauchte auf, setzte sich zu Völkel und orderte eine Tasse Kaffee.
„Irgendetwas ist passiert, man sieht es Ihnen an“, sagte er.
„Isabel ist verschwunden.“
Seiler verzog die Mundwinkel. „Mist! Mir ist gestern auch aufgefallen, dass sie frühzeitig abgehauen ist. Ich wollte sie sprechen, irgendwas stimmt nicht mit ihr.“
Völkel schmunzelte. „Wir werden uns immer ähnlicher. Noch ein paar Tage Zusammenarbeit und Pat und Patachon sind gar nichts gegen uns.“

Auch Seiler schmunzelte. „Also haben Sie sich schon erkundigt, wo sie sein könnte."
Völkel nickte. „Gleich nach dem Frühstück fahren wir los."
Gut eine Stunde brauchten sie vom See bis nach Halle, und dort, an einer Kreuzung neben einem Wasserturm, verfuhr Seiler sich erst mal, obwohl er sein Navi eingeschaltet hatte.
„Scheiße!" Er schlug mit der Hand auf das Lenkrad seines Passats. „An dieser Stelle verfahre ich mich immer."
Zehn Minuten später standen sie aber doch vor der richtigen Adresse. Es war ein kleines Haus am Rande der Neustadt. Auf einem Klingelknopf entdeckten sie neben einem zweiten Namen auch den von Isabel Homann. Eine ältere Frau öffnete ihnen. Sie war sehr klein, fast wirkte sie ein wenig verhunzelt, aber ihr freundliches Lächeln weckte sofort Sympathie.
Nein, Isabel Homann sei nicht da, sagte sie, nachdem sie sich vorgestellt hatten. Sie hätte sie schon seit Freitag nicht mehr gesehen.
Auf die Frage, wo sie denn sein könnte, vermutete sie, dass Isabel zu Hause wäre. „Bei ihrem Vater am Sundner See", sagte sie, „da ist sie immer, wenn sie keine Seminare an der Uni hat."
„Hat sie denn in Halle keinen Freund?", fragte Seiler. „Gibt es hier niemanden, der sie auch ohne Uni zum

Bleiben veranlasst? Sie ist doch ein hübsches Mädchen."

Die Frau nickte und Völkel glaubte zuerst, dass sie die Frage nach dem Freund bejahte. „Ja, sie ist ein hübsches Mädchen", antwortete sie dann, „sehr hübsch sogar."

„Und einen Freund? Den gibt es nicht?", hakte Seiler nach.

Die Alte zögerte. „Naja, es hat schon mal ein Mann angerufen." Sie sah zuerst Seiler, dann Völkel an. „Nicht, dass Sie jetzt etwas Falsches vermuten. Ich gehöre nicht zu den alten Weibern, die heimlich junge Mädchen ausforschen."

Sie hatte tatsächlich alte Weiber gesagt, Völkel staunte.

„Aber ich habe mal zufällig mitgekriegt, dass ein Mann sie anrief. Wir hatten uns gerade im Flur unterhalten, da klingelte ihr Handy und ich hörte eine Männerstimme."

„Könnte das nicht auch ihr Vater gewesen sein?", fragte Völkel.

Jetzt kicherte sie tatsächlich wie ein junges Mädchen. „Aber Herr Kommissar, so was merkt man doch als Frau. Die Art, wie sie mit ihm geredet hat, wie sie sich schnell von mir verabschiedete …" Sie kniff ein Auge zu, fehlte nur noch, dass sie ihn neckisch anstieß.

„Aber wer der Mann war, wie er hieß, das haben Sie nicht rausgefunden?“ Völkel hatte noch immer die Hoffnung, er könnte etwas mehr über Isabel erfahren.
Jetzt war die Frau empört. „Ich bin doch keine neugierige Matrone!“, rief sie. „Für wen halten Sie mich?“
„Ich meine, vielleicht hat der Mann sie ja besucht und Sie haben zufällig …“ Er brach ab, denn den strafenden Blick konnte er nicht weiter aushalten. Seiler half ihm aus der Verlegenheit.
„Entschuldigen Sie unsere Fragen, wir wollten Ihnen nichts unterstellen. Es ist nur so, dass wir Isabel unbedingt sprechen müssen.“
„Und warum? Dass sie etwas verbrochen hat, kann ich mir beim besten Willen nicht vorstellen.“
„Nein, nein, das hat sie nicht“, sah jetzt auch Völkel seine Chance, Pluspunkte bei der Frau zu sammeln. „Es geht nur um ihre Aussage in einer bestimmten Sache. Dann werden wir es bei ihrem Vater versuchen.“
Er bemerkte den skeptischen Blick der Frau, aber es war unklar, ob er ihm galt oder seiner Erklärung. Vermutlich beides, dachte Völkel, denn senil war sie nicht.
Kurz darauf saßen sie wieder in Seilers Passat.
„Ich werde sie zur Fahndung ausschreiben lassen“, sagte Seiler.
Völkel nickte. „Hoffentlich kriegen wir sie rechtzeitig und es steckt keine üble Sache hinter ihrem Verschwinden.“
„Was für eine üble Geschichte?“

„Es ist ein Mord geschehen. Und wenn ein Mörder Spuren verwischen muss, ist er zu allem bereit. Das meine ich."

Seiler nickte. „So ähnlich sehe ich das auch. Aber ich wollte mich noch weigern, es auszusprechen. Aus Angst um das Mädchen."

Da war er wieder, der weiche Kern bei Seiler, den Völkel von Anfang an gespürt hatte.

„Wir müssen sie finden", sagte Völkel. „Einmal, weil wir sie zur Lösung des Falles brauchen. Und dann zu ihrem eigenen Schutz." Er schwieg einen Moment lang. „Vielleicht war sie sich dessen selber bewusst, wollte mich deshalb im Hotel sprechen und hat sich dann doch nicht getraut."

Seiler zog sein Handy raus und rief zuerst Homann an. An seinen einsilbigen Antworten merkte Völkel, dass Isabel in der Zwischenzeit nicht aufgetaucht war. Er hatte nichts anderes erwartet. Seiler beendete das Gespräch und tippte hastig die Nummer der Wittenberger Kripo ein. Zweimal vertippte er sich dabei vor Aufregung, dann gab er den Fahndungsauftrag durch.

Sie schwiegen die längste Zeit, während sie zurück zum See fuhren. Völkel genoss den Blick auf die Landschaft. Zwei Greifvögel kreisten über ein Feld. An den schmalen Flügeln und dem gekerbten Schwanz stellte er fest, dass es Milane waren, die er rund um Dortmund schon lange nicht mehr gesehen hatte. Er beobachtete einen Moment lang die kreisenden Vögel, dann heftete er seinen Blick wieder auf die Felder und Wälder, die an ihm vorbeizogen. Er versuchte, an gar nichts zu denken, um offen zu sein für eine Idee, die ihm immer dann kam, wenn er nicht nachdachte über die Sache, die ihn bewegte. Aber so eine Idee wollte sich heute nicht einstellen.

„Denken Sie darüber nach, ob sie nach Hause fahren wollen?", fragte Seiler.

Völkel schüttelte den Kopf. „Ich denke darüber nach, wie die Ermittlung weiterlaufen könnte."

„Ihrem Gesichtsausdruck nach zu urteilen haben Sie genauso gute Ideen wie ich."

„Kann schon sein."

Sie schwiegen wieder. Es war kurz nach eins, als sie am Hotel ankamen. Die Sonne stand hoch am Himmel, Völkel spürte ein wenig Hunger, vor allem aber hatte er Durst.

„Und jetzt?" Seiler sah ihn an.

„Jetzt setze ich mich auf die Terrasse und esse eine Kleinigkeit." Er merkte selbst, dass es wie Trotz klang, was er da sagte.

Seiler nickte. „Ist gut. Dann fahre ich in der Zwischenzeit nach Wittenberg und gucke noch mal die Ergebnisse der Spurensicherung durch. Vielleicht fällt mir was auf. Am besten treffen wir uns heute Abend noch mal."

„Am besten zusammen mit Isabel Homann", ergänzte Völkel.

## 11.

Er hatte seinen Wagen am Rande eines Feldes geparkt, weit vom See entfernt, denn er hatte einen Widerwillen gegen ihn entwickelt. Am besten wäre es, wenn er ihn nie wieder sehen würde. Die Stelle, die er nach einigem Suchen gefunden hatte, war bestens geeignet, denn ein Gebüsch stand hier am Wegrand, in dessen Schatten er gut parken konnte. Ein Spaziergänger musste schon direkt hier vorbeikommen, um es zu entdecken.

Gut so, dachte er. Möglichst wenig auffallen, am besten gar nicht, das war jetzt wichtig in dieser Situation.

Als er ausstieg, blickte er sich zuerst einmal sorgfältig um. Nein, auf den Wegen zwischen den Feldern und am Waldrand entlang bewegte sich jetzt, in der Mittagszeit, kein Mensch. Er war allein hier, was ihn erleichterte. Noch eine Begegnung würde er haben, gleich hier im Wald. Dann würde es den Austausch geben, Foto gegen Unterschrift, er würde zu seinem Wagen zurückkehren, so schnell wie möglich verschwinden und nie mehr hierher zurückkehren. Sein Leben hätte dann eine Wendung genommen, wie er sie vor einer Woche noch nicht erwartet hatte. Ja, er hatte das Beste aus der Situation gemacht, in die er so unverhofft geraten war. Er musste grinsen. Genau darauf kam es an, das Beste aus jeder Situation zu machen.

Wulf hatte das auch nicht gekonnt. Der hatte immer nur rücksichtslos seine Interessen durchgepeitscht,

egal welche Folgen das hatte. Geschicklichkeit oder gar Geschmeidigkeit gehörten nicht zu seinen Stärken. Wulf hatte dafür die Rechnung bezahlt, aber er, er würde es besser machen. Viel besser sogar.
Wieder musste er grinsen, dann machte er sich auf den Weg. Ein Stückchen führte ihn der Weg am Wald entlang, dann bog er darin ab. Eine angenehme Kühle empfing ihn. Er ging ein paar Schritte, blieb dann stehen, blickte sich um und lauschte. In der Ferne hämmerte ein Specht, Vogelgezirpe war zu hören, sonst war es still. Es war auch nichts Auffälliges zu sehen. Still und bewegungslos lag der Wald vor ihm, nichts gab es, das sein Misstrauen weckte. Warum auch? Es war alles abgesprochen, die Sache war gut durchdacht, sie konnte nicht schiefgehen.
Vorfreude erfasste ihn. Ja, es würde alles klappen, und er würde anschließend so gut dastehen wie nie zuvor. Entschlossen ging er weiter und suchte nach dem Gebüsch, an dem das Treffen stattfinden sollte. Aber mit jedem Schritt, den er weiter in den Wald kam, benahm er sich vorsichtiger. Ganz so sicher, wie er sich das einredete, fühlte er sich doch nicht. Immer wieder blieb er stehen, lauschte und blickte hinter sich. Je näher er dem vereinbarten Ort kam, desto leiser verhielt er sich. Irgendwann begann er, genau darauf zu achten, nur ja nicht auf einen Ast zu treten, der knacken und sein Kommen verraten würde. Selbst das Rascheln von Laub versuchte er zu vermeiden.

Unentdeckt wollte er sich dem Ort nähern, um zu überprüfen, wie es dort aussah. Er hatte sich dieses Verhalten nicht überlegt, sondern ganz automatisch angenommen. Aber als es ihm bewusst wurde, erfasste ihn Unruhe. So einfach, wie er sich das gedacht hatte, war die Sache doch nicht. Im Gegenteil, sie war gefährlich. Sein Unterbewusstsein hatte ihn gewarnt. Der Ort, auf den er selber bestanden hatte, konnte auch zur Falle werden, daran hatte er vorher nicht gedacht. Sie würden alleine hier sein, er und jene Person, der er das Foto geschickt hatte. Sie würden sich gegenüberstehen, ohne Zeugen. Und vor allem, ohne dass jemand sehen oder hören konnte, was passierte. Um Gottes Willen, dachte er, was war noch alles möglich, außer dass sie den Tausch vornahmen, den er selbst vorgeschlagen hatte? Warum hatte er nicht auf einen anderen Ort bestanden? Er erstarrte und merkte, wie ihm eine Gänsehaut über den Rücken lief.
Ob er zurücklaufen sollte, einfach von hier verschwinden? Knapp hundert Meter waren es bis zum Waldrand. Sie könnten die Übergabe auch woanders stattfinden lassen, in einem Biergarten irgendeiner Kneipe, in einem Café, in dem sie sich möglichst unauffällig in eine Ecke setzten. Aber das würde die andere Person nicht mitmachen, dachte er dann. Sie würde eine Falle befürchten, und er würde sein Ziel nicht erreichen. Nein! Er schüttelte den Kopf. Die Übergabe musste hier erfolgen und nirgendwo anders. Er musste seine

Ängste überwinden, für ein paar Minuten nur. Länger würde die Übergabe nicht dauern. Dann wäre er frei und hätte vor allem sein Ziel erreicht. Ja, nur so ging es.

Er zwang sich weiterzugehen, merkte aber, wie schwer ihm jeder Schritt fiel. Sein Verstand hatte ihm suggeriert, dass er es tun könne, aber sein Gefühl ließ sich nicht übertölpeln. Pass auf, sagte es, du musst auf der Hut sein, sonst erlebst du eine böse Überraschung.

Langsam näherte er sich dem Ziel. Gut dreißig Meter vor ihm war das Gebüsch. Er nahm die Stelle genau in Augenschein. Wartete dort jemand? Zeigte sich die Person offen, so dass er sein Misstrauen ablegen konnte? Aber er konnte niemanden erkennen.

Ob er zu früh war? Er schaute auf die Armbanduhr. Nein, er war sogar zwei, drei Minuten zu spät. Sofort wurde er wieder misstrauisch, stellte sich hinter einen Baum und beobachtete von dort aus den Platz. Würde sich die Person endlich zeigen oder versteckte sie sich womöglich genauso hinter einem Baumstamm wie er?

Er musste näher herangehen, um das herauszufinden, merkte er. Hinter den Bäumen Schutz suchend schlich er sich näher, hielt immer wieder inne und starrte zu dem Platz hinüber.

Da! Hatte sich da nicht etwas hinter dem Gebüsch bewegt? Schimmerte es da nicht bläulich? Also war die Person doch schon gekommen und wartete etwas verdeckt hinter einem Gebüsch. Er atmete auf. Dann war doch alles klar. Er trat wieder auf den Weg und ging direkt auf das Ziel zu. Jetzt konnte die Person ihn ruhig sehen, denn er sah sie ja genauso. Fast musste er über sich lachen, weil er so ängstlich gewesen war.

Er überlegte schon, wie er die Person ansprechen sollte, da sah er, dass es gar keine Person war, die hinter dem Gebüsch stand. Ein Stofffetzen hing in den Zweigen, nichts anderes war es, was er da plötzlich erkannte.

Von einem Moment zum anderen trat ihm der Schweiß auf die Stirn. Hilflos blickte er sich um. Verdammt, was hatte das zu bedeuten? Einen Stofffetzen ins Gebüsch hängen, um vorzutäuschen, dass dort ein Mensch steht, wollte ihn da jemand veräppeln? Oder erschrecken? Das sollte die Person lieber unterlassen, dachte er, denn dazu war die Situation viel zu ernst. Ungläubig schaute er zu dem Gebüsch hinüber, der Fetzen bewegte sich leicht im Wind.

Plötzlich hatte er das Gefühl, dass er beobachtet wurde. Irgendwo, merkte er, stand jemand, der ihn genau im Blick hatte. Er wusste nicht, woher dieses Gefühl kam, es war einfach da. Verzweifelt blickte er in alle Richtungen. Verdammt, wo war diese Person? Hinter welchem Busch oder Strauch stand sie? Aber er konnte niemanden entdecken. Einen Moment lang hoffte er, dass er sich getäuscht hatte, aber das beklemmende Gefühl ließ ihn nicht los. Da war jemand, irgendwo gut versteckt, und er hatte ihn fest im Auge.

Verdammt, warum zeigst du dich nicht, wollte er rufen. Lass uns unseren Tausch vornehmen, dann sind wir fertig miteinander! Aber die Stimme versagte ihm, er brachte kein einziges Wort heraus. Als er im nächsten Moment einen Knall hörte, war er für den Bruchteil einer Sekunde sogar erleichtert. Endlich hatte diese Person sich verraten, schoss es ihm durch den Kopf, endlich hatte sie zugegeben, dass sie da war.

Aber dann spürte er den stechenden Schmerz im Brustkorb. Oh Gott, jemand hatte auf ihn geschossen, er war getroffen worden, wer weiß wie schwer.

Das warst du, dachte er noch. Du hast Wulf umgebracht, jetzt willst du auch mich töten. Im selben Moment merkte er, wie ihm die Sinne schwanden, wie ihm schwarz vor Augen wurde und er das Gleichgewicht verlor. Kopfüber stürzte er nach vorn und merkte noch, wie er auf den Waldboden aufschlug. Ein schrecklicher Druck legte sich auf seine Brust, verzweifelt versuchte er zu atmen. Noch einen Atemzug schaffte er, noch einen zweiten, dann war nur noch Schwärze um ihn.

Einen Moment lang war es ganz still im Wald, selbst Vogelgezwitscher war nicht mehr zu hören. Dann tauchte eine Person hinter einem der Baumstämme auf, blickte sich kurz um und lief, als sie festgestellt hatte, dass niemand in der Nähe war, hinüber zu dem Mann, der auf dem Waldboden lag. Als sie ihn erreicht hatte, stieß die Person den Mann mit dem Fuß an, aber er bewegte sich nicht mehr. Die Person registrierte es

grinsend, bückte sich, durchsuchte Hosen- und Jackentaschen, zog etwas heraus, hielt es einen Moment lang in der Hand und steckte es anschließend in die Jackentasche.
Dann blickte sie noch einmal hinunter auf den Mann, grinste wieder und lief weg. Sie lief aber nicht über den Waldweg, sondern quer durch den Wald. Nach ein paar Sekunden war sie hinter einem Gebüsch verschwunden. Im selben Moment setzte wieder Vogelgezwitscher ein.

## 12.

Völkel hatte sich nach seiner Rückkehr zum Hotel noch einmal Homann vorgenommen. Er hatte ihn eindringlich ermahnt zu verraten, wo sich seine Tochter aufhielt. Selbst wenn er nur eine Vermutung hätte, müsse er es der Polizei mitteilen. Völkel hatte an dieser Stelle ausdrücklich das Wort „Mir“ vermieden. Sie müssen es mir mitteilen konnte er ja nicht sagen, er gehörte ja nicht mehr zur Polizei. Gleichzeitig durfte er auch das nicht verraten, denn dann würde keiner aus dem Dorf mehr seine Fragen beantworten.
Homann hatte nichts gesagt, sondern immer nur mit dem Kopf geschüttelt. Völkel fand das merkwürdig. Homann stritt zwar ab, irgendetwas über den Aufenthaltsort seiner Tochter zu wissen, aber aussprechen

wollte er es auch nicht. Es kam Völkel fast so vor, als wollte Homann vermeiden zu lügen.
Der Kerl weiß was, dachte Völkel. Er hat Angst um seine Tochter, obwohl er ahnt, wo sie sich aufhalten könnte. Aber er traut niemandem. Nicht den Dorfbewohnern und auch nicht Seiler und mir.
Völkel hatte nicht sofort aufgegeben, sondern war weiter in ihn gedrungen. Es läge auch im Interesse seiner Tochter, wenn er ihnen den kleinsten Verdacht mitteilen würde. Sie wäre nämlich in Gefahr, falls er das noch nicht bemerkt hätte.
Auch jetzt antwortete Homann nicht, schüttelte aber auch nicht mehr mit dem Kopf. Natürlich wusste er um die Gefahr, weshalb sonst seine Unruhe, aber eine noch größere Gefahr schien ihm darin zu liegen, dass Isabel wieder auftauchte. Also vermutet er den Mörder auch unter den Dörflern. Dann kennt er ihn entweder oder er ahnt, wer es gewesen sein könnte. Aber es war ihm nichts zu entlocken.
Völkel hatte sich schließlich einen Terrassenstuhl genommen, den Zaun überklettert und sich an den See gesetzt. Es war warm, der leichte Wind, der vom Wasser her kam, wirkte erfrischend. Er hatte, während er dort saß, bei Homann sogar eine Tasse Kaffee bestellt. Um sie zu erhalten, musste er aufstehen, denn Homann weigerte sich, über den Zaun zu klettern. Vermutlich hatte er das Gefühl, sich verdächtig zu machen, wenn er Nölthings Willen missachtete.

Völkel genoss die Ruhe am See, den starken Kaffee und kam sich vor wie im Urlaub. Nach einiger Zeit zog er sogar Schuhe und Strümpfe aus, krempelte die Hosenbeine hoch und hielt die Füße ins Wasser. Aus den Augenwinkeln bemerkte er, dass Spaziergänger, die die Dorfstraße entlangliefen, mit offenem Mund zu ihm herüberschauten. Er nahm es mit Schmunzeln zur Kenntnis. Wer sollte es ihm auch verbieten, hier zu sitzen? Die Dörfler etwa? Oder Seiler? Der würde sich, wenn er es wüsste, wahrscheinlich sogar zu ihm setzen. Hinterher wusste er nicht mehr, ob er ein oder zwei Stunden so gesessen hatte. Die Ruhe am See, die Untätigkeit und vor allem das Gefühl, sich einfach treiben zu lassen, hatten jedes Zeitgefühl ausgeschaltet. Deshalb war der Schreck auch so groß, als er plötzlich Seilers aufgeregte Stimme hörte.

„Herr Völkel", rief er, „kommen Sie mal schnell!"

Völkel drehte sich um und sah, dass Seiler am Zaun stand und aufgeregt winkte. Im Hintergrund, auf dem Parkplatz neben dem Hotel, stand ein Streifenwagen.

„Was ist denn?" Er fühlte sich genauso, als hätte man ihn aus tiefem Schlaf geweckt.

„Wir haben eine zweite Leiche."

Völkel durchzuckte es. Isabel! Um Gottes Willen, sie hatten doch alles veranlasst, um sie zu finden. Und eben noch hatte er ihren Vater händeringend darum gebeten, ihm ihren Aufenthaltsort zu nennen. Nicht nur gebeten hatte er ihn, sondern auch gewarnt. Eindringlich. Und nun war alles vergeblich gewesen. Tot, dachte er, so ein junges Mädchen. Und alles als Folge davon, dass ein schwerreicher Unternehmensberater sich einen See kaufen musste. Einen ganzen See für sich alleine. Er verstand zwar nicht genau, wie ihr Tod mit dem von Nölthing zusammenhing, aber dass er etwas damit zu tun hatte, war ihm klar.

„Nun kommen Sie doch", rief Seiler, „ich nehme sie mit zum Tatort."

Völkel erhob sich mühsam von seinem Stuhl. Noch mehr Mühe bereitete es ihm, über den Zaun zurückzuklettern. Der Schock wirkte nach, er war ihm in die Glieder gefahren.

„Warum hat ihr Vater nicht auf uns gehört?", fragte er. „Und vor allem, warum hat sie selbst kein Vertrauen zu uns gehabt?"

„Wer? Sie?", fragte Seiler.

„Na, Isabel natürlich, wer sonst?"

„Aber ich habe doch gar nicht von ihr gesprochen."

„Sie haben nicht von ihr gesprochen? Von wem denn?"

„Von einem Mann. Er ist erschossen worden."

Für einen Moment empfand Völkel Erleichterung. Isabel lebte, Gott sei Dank! Deutlich sah er ihr Bild vor sich, wie sie am späten Abend auf dem Hotelflur vor ihm stand. Dann merkte er aber, dass dieser Gedanke ungerecht war. War er etwa Herrscher über Leben und Tod, dass er entscheiden konnte, wessen Tod bedauerlich war und wessen weniger? Nein, er hatte sich verrannt in seiner Sympathie für Isabel.

Sie liefen zu dem Streifenwagen hinüber.

„Wo ist er denn erschossen worden?“, fragte Völkel. „Auch am See?“

„Nein, bei einem Gebüsch im Wald. Der Förster ist zufällig vorbeigegangen vor nicht mal einer halben Stunde und hätte die Leiche vielleicht sogar übersehen. Aber sein Hund hat wild an der Leine gezerrt und gebellt.“

Sie sprangen ins Auto, der Polizist am Steuer gab Gas.

„Dann hat er vielleicht gar nichts mit Nölthing zu tun.“

„Sie meinen, zwei Morde in dieser idyllischen Gegend, ohne dass der eine mit dem anderen zu tun hat?“ Seiler sah ihn fragend an. Es stimmte, Völkel konnte sich das auch nicht vorstellen.

„Wann ist der Mord denn geschehen? Etwa gleichzeitig mit der Ermordung von Nölthing?“

„Nein, nein. Der ist gerade erst passiert, vor vielleicht zwei, drei Stunden. Die Leiche ist nicht einmal kalt, hat der Förster bei seinem Anruf berichtet.“

Völkel schwieg. Bevor er weiter etwas Falsches vermutete, wollte er erst mal die Fakten kennen lernen.

„Egal, ob dieser Mord etwas mit dem an Nölthing zu tun hat oder nicht, Sarah Boskamp kann auf keinen Fall der Täter sein“, erklärte Seiler.

Völkel antwortete nicht, sondern sah ihn nur fragend von der Seite an.

Seiler grinste. „Ich habe einen jungen Kollegen beauftragt, sie im Auge zu behalten. Sie war heute an einem See gut fünfzig Kilometer von hier entfernt und hat dort eine Tauchgruppe geführt. Jetzt hat sie wirklich ein Alibi, und zwar eines von uns."

„Dann können Sie Ihren Kollegen ja abziehen, Ihnen fehlen ja überall Leute."

„Wenn das so einfach wäre." Seiler seufzte. „Der Kerl hat Geschmack am Tauchen gefunden. Ich glaube, der will sich Sarah Boskamps Gruppe anschließen. Er hat sich sogar schon nach Urlaub erkundigt."

Völkel unterdrückte ein Grinsen. Verständnis für den Kollegen hatte er auf jeden Fall.

Sie fuhren ein Stück in den Wald hinein, bis der Weg so schmal wurde, dass es nicht mehr weiterging. Der Fahrer stoppte, sie stiegen aus, in der Ferne stand ein weiterer Streifenwagen. Kurz darauf waren sie am Tatort. Eine Frau und ein Mann in weißer Schutzkleidung beugten sich über den Toten, der mit dem Gesicht nach unten auf dem Waldboden lag, der Mann nahm gerade die Fingerabdrücke. Die Spurensicherung war also schneller gewesen, dachte Völkel. Wie früher auch bei uns in Dortmund.

Völkel schätzte den Mann, dessen Gesicht er nur von der Seite sehen konnte, auf etwa fünfzig. Die beige Flanellhose sah teuer aus, genauso wie die hellbraune Jacke, die vom Sturz in das Laub dreckig war. Dazu trug der Mann Markenschuhe. Jemand mit Geld also, dachte

Völkel und musste sofort an Nölthing denken. Wie ein normaler Spaziergänger sah er jedenfalls nicht aus, so jemand trug andere Kleidung, wenn er damit rechnen musste, sich schmutzig zu machen.
In seinem Rücken gab es keine Wunde, also war der Schuss von vorn gekommen, kombinierte Völkel. Er blickte in diese Richtung. Dort waren keine Büsche zu sehen, aber ein paar dicke Bäume, hinter denen der Täter gelauert haben könnte. Eine Aufgabe für die Spurensicherung, obwohl Völkel nicht viel Hoffnung hatte. Es hatte lange nicht geregnet, der Waldboden war fest und es würde schwer sein zu unterscheiden, ob eine Spur vom Täter stammte oder von einem harmlosen Wanderer.
Die Frau erhob sich und reichte Seiler etwas.
„Hier, die Identität des Opfers", sagte sie. Völkel erkannte, dass es eine Brieftasche mit Personalausweis und Scheckkarten war. Im Geldfach steckten einige Scheine, auch Hunderter waren dabei, wie er an der grünen Farbe erkennen konnte. Er wunderte sich nicht. So viel Geld passte zum Äußeren des Mannes. Damit war außerdem auch klar, dass es kein Raubmord war. Am Geld war der Täter nicht interessiert gewesen.
Seiler hatte zum Personalausweis gegriffen. „Samuel Reiter", sagte er, blickte an Völkel vorbei in die Luft und überlegte. „Den Namen kenne ich."

„Von Nölthing", rief Völkel, ohne groß zu überlegen, konnte sich aber an den genauen Zusammenhang nicht erinnern.

Seiler nickte. „Ja, jetzt weiß ich es wieder." Er holte sein Handy aus der Tasche, rief seine Dienststelle an und gab den Namen durch. „Guckt mal nach, was wir von dem wissen." Er behielt das Handy am Ohr und wartete einen Moment lang, dann kam offensichtlich die Antwort und er nickte ein paar Mal dazu.

„Samuel Reiter aus Frankfurt", sagte er dann. „Der Kompagnon von Nölthing."

In dem Moment fiel es auch Völkel wieder ein. „Gehörte dem etwa auch ein Teil vom See?"

Seiler schüttelte den Kopf. „Reiter war an Nölthings Firma beteiligt. Zu wie viel Prozent steht nicht im Computer. Aber sie waren beide Inhaber dieser Frankfurter Beratungsfirma. Der See gehörte Nölthing allein."

„Um Gottes Willen, dann geht es vielleicht um ganz was anderes", sagte Völkel. „Dann hat Nölthings Tod vielleicht gar nichts mit dem See zu tun, sondern irgendwas mit der Firma. Und wenn das stimmt, sind die Dörfler …"

„Aber wie passt dazu das Verschwinden von Isabel? Sie ist wegen der Leute im Dorf abgetaucht, weil sie Angst vor denen hatte, so viel scheint mir sicher zu sein. Irgendwas müssen die also mit dem Mord zu tun haben, das hat sie gewusst. Spätestens seit unserer Bürgerver-

sammlung, die sie vorzeitig verlassen hat.“ Er schwieg einen Moment lang.
„Aber jetzt gibt es einen zweiten Toten, der überhaupt nicht zu diesen Überlegungen passt“, entgegnete Völkel. „Was hatte Reiter mit dem See und den Dörflern zu tun? Da stimmt doch etwas nicht.“
Seiler nickte. „Die Sache ist komplizierter, als wir dachten“, sagte er dann.
Völkel merkte wieder, wie still der Wald war. Bei seinem Spaziergang hatte er diese Ruhe genossen, nun, neben der Leiche, kam sie ihm unheimlich vor. Trotzdem, ein schöner Ort, wenn er nur nicht mit Tod zu tun hätte. So einen Ort vor der Haustür zu haben wäre gut, natürlich ohne Leichen.
Er machte sich frei von dieser Stimmung und blickte wieder hinunter auf die Leiche, die von der Frau und dem Mann jetzt vorsichtig auf den Rücken gedreht wurde. Das Einschussloch in Höhe des Herzens, von hellrotem Blut umgeben, wurde sichtbar, die ins Leere starrenden Augen erschreckten Völkel. Das war schon früher so gewesen, wenn er sich im Dienst eine Leiche anschauen musste, aber seit er selbst von einem Schuss lebensgefährlich verletzt worden war, hatte sich der Schrecken gesteigert. Um ein Haar, musste er denken, hätte auch ich so dagelegen und ins Leere gestarrt. Und ein anderer Polizist hätte sich über mich erschreckt.

Von einem Moment zum anderen überkam ihn Atemnot. Es war, als hätte sich ein schweres Gewicht auf seine Brust gelegt. So sehr er sich auch anstrengte, er schaffte es einfach nicht, tief durchzuatmen. Bloß jetzt keine Panikattacke, dachte er. Bloß nicht vor all diesen Leuten, die ich gar nicht kenne und die vor allem mich nicht kennen. Was sollen sie von mir halten?
Er drehte sich um, ging ein paar Schritte vom Tatort weg und versuchte, seinen Atem zu kontrollieren. Einatmen, anhalten, ausatmen. Ein paar Mal wiederholte er den Vorgang, dann hatte er sich wieder gefasst. Als er sich umdrehte, sah er Seilers fragenden Blick. Gott sei Dank sprach er aber nicht aus, was er dachte, und half Völkel damit, die Fassung nicht völlig zu verlieren. Wenn er jetzt auch noch erklären müsste, was mit ihm los war, könnte es sein, dass der Anfall erst richtig einsetzte.
„Gibt es noch mehr Leute, die an Nölthings Firma beteiligt sind?“, fragte er in sachlichem Tonfall und tat so, als wenn nichts gewesen wäre.
„Warum wollen Sie das wissen?“
„Weil dann vielleicht noch weitere Personen gefährdet wären.“
„Sie sind in ihren Vermutungen also weg von der Spur, die zum Dorf führt.“
„Ich denke in alle Richtungen. Also, der Sohn, die Ehefrau, haben die auch noch Anteile? Das müssen wir wissen.“

„Einen Moment“, sagte Seiler und trat nahe an den Mann und die Frau von der Spurensicherung heran. „Was haben wir bis jetzt?“
„Schuss mit einem Gewehr, aus kurzer Entfernung.“
„Etwa so weit entfernt wie beim Mord an Nölthing?“, mischte sich Völkel ein.
Die Frau blickte ihn fragend an. Wer ist das denn, schien sie zu denken. Seiler nickte.
„Könnte sein“, antwortete die Frau dann.
„Und das Kaliber? Ist das auch dasselbe?“
Wieder zögerte sie einen Moment lang. „Könnte auch sein. Todeszeitpunkt etwa vor zwei bis drei Stunden. Genaueres können Sie in unserem …“
„Ich weiß“, unterbrach sie Seiler. „Schicken Sie mir den Bericht so bald wie möglich. Am besten über Mail, dann kann ich ihn auch hier auswerten.“
Seiler ging zurück zum Streifenwagen, Völkel folgte ihm. Der Polizist, der sie gefahren hatte, hatte die gesamte Zeit über neben dem Wagen gewartet.
Seiler setzte sich auf den Rücksitz, behielt die Beine auf dem Waldweg und begann zu telefonieren.
Völkel lehnte sich gegen die Motorhaube. Er tat es so, dass er die Leiche nicht sehen musste. Von Seilers Telefongesprächen bekam er nicht alles mit, was auch nicht nötig war. Er wusste ja, dass es um die Frage nach den Geschäftsbeteiligungen ging, und außerdem würde Seiler ihm gleich alles erklären.

Plötzlich hörte er, dass Seilers Stimme lauter wurde. „Beruhigen Sie sich doch!“, rief er, „ich musste diese Frage stellen. Es ist wichtig, dass wir alle Zusammenhänge verstehen. Wir ziehen daraus doch keine falschen Schlüsse! Nein, das tun wir nicht. Ich verspreche es Ihnen.“

Das Versprechen musste er noch ein paar Mal wiederholen, erst dann schien sich sein Gesprächspartner wirklich beruhigt zu haben. Jedenfalls atmete er tief aus, als er das Gespräch schließlich beendete.

Er kam zu Völkel und lehnte sich ebenfalls gegen die Motorhaube.

„Das war Frau Nölthing. Sie hat keine Geschäftsanteile an der Beratungsfirma ihres Mannes. Sie hat sich bei ihrer Scheidung alle Ansprüche am Besitz ihres Mannes auszahlen lassen. Dadurch hätte sie zwar auf Geld verzichtet, hat sie gesagt, aber so wäre es ihr am liebsten gewesen. Sie wollte auf keinen Fall eine Verbindung zu ihrem Mann halten.“

Also war es um den Sohn gegangen, dachte Völkel. Seinetwegen hat sie sich so aufgeregt, dass Seiler alle Mühe hatte, sie zu beruhigen. Aber er sprach es nicht aus, er wartete.

„Bei ihrem Sohn ist das was anderes“, fuhr Seiler fort. „Dieser Raimund ist Nölthings einziges Kind und natürlich sein Erbe. Der wird also den Laden bekommen. Deshalb hat sie sich so aufgeregt. Ob wir jetzt ihren Sohn verdächtigen, hat sie gerufen. Das sollten wir bloß nicht tun, der hätte schon genug unter seinem Vater gelitten. Nie hätte er ihm etwas recht machen können, immer hätte er den Ansprüchen seines Vaters nicht genügt."

„Wir müssen ihn uns angucken. Natürlich kann er ein Verdächtiger sein. Aber vor allem geht es darum, ob der Mörder es auch auf ihn abgesehen haben kann. Wenn er die beiden Besitzer der Firma erschießt, warum dann nicht auch den Erben?"

Seiler nickte. „Aber hätte ich ihr das sagen sollen? Hätte es sie beruhigt, wenn ich ihr erklärt hätte, dass ihr Sohn nicht unbedingt verdächtig ist, sondern vielleicht das nächste Opfer?"

Völkel konnte sich ein Grinsen nicht verkneifen. „Kommt drauf an, wie man es sieht. Was ist besser? Mörder zu sein oder eine Leiche?"

Seiler schüttelte den Kopf. „Die Frau hätte einen Anfall gekriegt, wenn ich nur die kleinste Andeutung in diese Richtung gemacht hätte. Dieser Raimund studiert Jura in Leipzig, im vierzehnten Semester."

„So lange? Das geht doch auch schneller."

„Seine Mutter ist froh, dass er sich dort wohlfühlt, hat sie gesagt. Anfangs hätte er in Mainz studiert, aber er wäre sensibel. Dort hätte es ihm nicht gefallen, hat sie mir erzählt. Aber jetzt käme er gut voran in seinem Studium."

Völkel blickte auf die Uhr. Es war kurz vor sechs. Im Wald war es unmerklich dunkler geworden.

„Für heute ist es zu spät. Aber morgen müssen wir ihn unbedingt sprechen. Haben Sie seine Adresse?"
Seiler schlug sich an die Stirn. „Hab ganz vergessen, danach zu fragen. Aber ich lasse sie raussuchen. Morgen früh haben wir sie. Bis dahin muss ich oder ein Kollege von mir auch Reiters Familie informieren." Er schwieg einen Moment lang. Völkel sah ihm an, wie schwer ihm diese Aufgabe fiel.
Im Hotel bemerkte Völkel Homanns fragenden Blick, als er sich an die Theke setzte, ein Bier bestellte und zwei belegte Brötchen. Homann hatte längst von dem zweiten Mord erfahren, wie vermutlich alle anderen im Dorf. Aber Völkel ließ sich nichts anmerken. Von Homann hatte er bis jetzt auch nichts erfahren, warum sollte er ihm dann etwas verraten? Zappeln lassen, dachte er. So lange zappeln lassen, bis er selber anfängt zu reden..

## 13.

Sie hatte geahnt, dass sie abtauchen musste. Die Sache war brenzlig geworden, sehr brenzlig sogar. Und vor allem war sie noch nicht zu Ende, ein schrecklicher Verdacht bohrte in ihr. Und selbst wenn der Verdacht falsch sein sollte, war da immer noch die Stimmung während der Versammlung. Irgendwo zwischen ihrem

Verdacht und dieser Stimmung lauerte die Gefahr, das spürte sie genau.
Um alles genau mitzukriegen, hatte sie sich nicht in eine der Stuhlreihen gesetzt, sondern gegen die hintere Wand des Raumes gelehnt. Im Stehen hatte sie die Leute beobachten können, auch ihre Gesichter im Profil, wenn sie zur Seite blickten. Das war eine gute Entscheidung gewesen. Wer konnte wissen, ob sie sonst alles so genau mitbekommen hätte. Vor allem die düstere Stimmung, die sich von Minute zu Minute gesteigert hatte. Da war es ihr klar geworden, dass sie abhauen musste. Am besten sofort, denn während der Versammlung waren ja alle abgelenkt gewesen. In dem Moment konnte niemand beobachten, wohin sie ging. Es war der richtige Moment gewesen, gut, dass sie so gehandelt hatte.
Der zweite Mord dann hatte bewiesen, dass sie die Stimmung richtig eingeschätzt hatte. Grad vorhin hatte sie davon erfahren, als sie sich kurz aus ihrem Versteck gemeldet hatte. Bei dem, der sie niemals verraten würde, koste es, was es wolle. Aber warum, warum war dieser zweite Mord geschehen? Der Verdacht bohrte wieder in ihr und vor allem die Befürchtung, dass die Sache weiterlief und das nächste Opfer tatsächlich … Sie brach ab. Sie wollte nicht daran denken, es machte ihr Angst. Und mit dieser Angst würde sie es nicht durchhalten, so ganz allein in diesem Versteck auszuharren. Vor allem in der Nacht nicht, wo jedes noch so

leise Geräusch sie erschreckte, ein Rascheln des Laubs, ein Plätschern des nahen Wassers. Nur schwer konnte sie es in diesen Momenten schaffen, nicht einfach loszurennen, weg von hier. Weg von dem Mörder, der vielleicht gerade dabei war, sich zu nähern, um auch sie zu erschießen.

In einer Situation, als es wieder raschelte, hatte sie sich vor Angst hinhocken müssen, die Hände zu Fäusten geballt, die Augen zusammengekniffen und die Lippen aufeinandergepresst, um nicht loszurennen oder losschreien zu müssen. Hinterher hatte sie nicht gewusst, wie lange sie so gegessen hatte, völlig verkrampft und immer nur atmend, wenn ihr die Luft ausging. Jedenfalls hatte sie jeden Knochen gespürt, jeden Muskel, als sie sich wieder erhob. Ganz behutsam hatte sie ein paar Mal auf und ab gehen müssen, bis sich ihr Körper aus der Verkrampfung gelöst hatte.

Trotzdem, es war richtig gewesen, hierher zu gehen und nicht nach Halle. In Halle würde man sie sofort vermuten und bestimmt hatte sich dort schon jemand nach ihr umgesehen. Wenn es nicht der Mörder war, war es die Polizei gewesen. Auch mit der wollte sie nichts zu tun haben. Selbst wenn der Mörder inzwischen auf der Suche nach ihr war, wollte sie nichts von dem verraten, was sie ahnte. Das durfte sie ihrem Vater nicht antun oder Wulf. Je nachdem. Niemals würde sie so handeln.

Nein, der einzige Ort, an dem sie sich verstecken konnte, war hier. Es gab nur noch einen, der ihn kannte. Nein, nicht kannte, sondern der eine Ahnung von ihm hatte und dem sie vertrauen konnte. Genauso wie er ihr vertrauen konnte.
Trotzdem, seit es stockfinster geworden war, hatte sie dieselbe Angst wie gestern. Wie würde sie diese Nacht durchhalten, wie würde sie überhaupt die nächsten Tage durchhalten? Immer konnte sie nicht hierbleiben, das wusste sie. Irgendwann musste es eine Lösung geben. So oder so.

## 14.

Als Völkel und Seiler sich am Abend verabschiedeten, war nicht mehr die Rede davon gewesen, dass Völkel nach Hause fahren könnte. Es war beiden klar, dass er bleiben würde, bis der Fall geklärt war. Völkel hatte noch seine Tochter angerufen und ihr vorgeschwärmt, wie schön es am See und in Wittenberg wäre. Er hatte ein schlechtes Gewissen bekommen, als er merkte, wie sehr seine Tochter sich über seine Aussage gefreut hatte.
„Es ist toll, Papa, dass es dir gefällt und du dich entspannst. Bleib, so lange es dir Freude bereitet. Aber melde dich zwischendurch.“

Völkel hatte sich schlecht gefühlt, als er das Gespräch beendete, richtig mies. Er hatte sie angelogen, seine eigene Tochter, die es gut mit ihm meinte. Er hatte ihr etwas vorgegaukelt, damit sie sich keine Sorgen machte, und sie hatte es vertrauensvoll geglaubt. Mies hatte er sich gefühlt, richtig mies. Wenn sie das rausbekäme, sie würde ihm nie wieder ein Wort glauben.
Völkel hatte gewusst, dass er in dieser Nacht schlecht schlafen würde, deshalb hatte er sich zwei Flaschen Bier mit aufs Zimmer genommen. Während er vom Bett aus im Fernsehen einen Krimi guckte, hatte er die beiden Flaschen ausgetrunken. Danach hatte er sich müde genug gefühlt, um durchzuschlafen.
Am anderen Morgen war Seiler früh ins Hotel gekommen.
„Ich habe die Adresse", sagte er, noch bevor er sich zu Völkel an den Frühstückstisch setzte. „Essen Sie in Ruhe zu Ende, dann fahren wir nach Leipzig."
Am Tonfall merkte Völkel, dass Seiler es nicht wirklich ernst meinte mit seinem Vorschlag. Am liebsten wäre es ihm, sie würden sofort losfahren. Völkel beeilte sich, sein Brötchen mit Schinken und Rührei zu essen.
Die Fahrt nach Leipzig dauerte etwas mehr als eine Stunde. Völkel schaute aus dem Fenster auf die Felder, die immer öfter im Schatten lagen. Der Himmel zog sich zu, es sah erstmals seit fast zwei Wochen nach Regen aus. Seiler kannte sich aus in der Stadt.

„Die Gottschedstraße liegt ganz in der Nähe der Thomaskirche“, erklärte er. „Dort irgendwo werden wir parken.“
Tatsächlich mussten sie von der Thomaskirche aus nur den Innenstadtring überqueren, um zur Gottschedstraße zu gelangen. Sie suchten nach der Adresse, fanden sie aber nicht, weil nicht alle Häuser Nummernschilder hatten. Schließlich betraten sie ein Lokal, dessen Atmosphäre Völkel auf Anhieb gefiel. Große Originalbilder hingen zu beiden Seiten des länglichen Raumes, Tische und Stühle waren schon lange in Gebrauch, die Theke am Kopfende genauso. Ein angenehmer Hauch von Künstlerkneipe hing in der Luft, wie Völkel ihn aus Dortmund nicht kannte.
Der Wirt hinter der Theke bemerkte Völkels Blick auf die Bilder.
„Wollen Sie eins kaufen?“, fragte er grinsend. „Die an der rechten Wand gehören mir, aber die links können Sie haben.“
„Und wie viel kosten die?“
„Um die zehntausend Euro.“
Völkel sah Seiler an, aber der schüttelte den Kopf. „Das übersteigt meine Möglichkeiten“, sagte er.
„Meine auch. Obwohl, schade ist es schon.“ Er sah sich die Bilder, von denen eines ein Liebespaar zeigte, noch einen Moment lang an. „Wäre nicht schlecht, so eines in der Wohnung zu haben.“

Seiler ging nicht weiter darauf ein, sondern erkundigte sich nach dem Haus, in dem Raimund Nölthing wohnte.
Der Wirt ging mit ihnen vor die Tür und zeigte auf ein Haus schräg gegenüber. „Sie müssen durch die Einfahrt“, erklärte er, „und an der Tür im Hof klingeln.“
Völkel tat es leid, dass sie nicht auf einen Kaffee bleiben konnten. Der schönen Atmosphäre wegen, aber auch aufgrund der Freundlichkeit des Wirts.
Sie fanden die Klingel zu Nölthings Wohnung, drückten sie und kurz darauf ertönte ein Summton. Vier Treppen in einem Altbau mussten sie hochsteigen, Völkel merkte, dass ihm das Treppensteigen immer schwerer fiel, dann standen sie vor einem blassen, knapp dreißigjährigen Mann mit hoher Stirn. Nur die schmale, vorstehende Nase erinnerte an seinen Vater, sonst entdeckte Völkel keine Ähnlichkeit. Er hätte erwartet, dass Raimund Nölthing seinen Besuchern neugierig entgegensah, aber der Mann wirkte eher müde, fast wie ausgelaugt.
„Wer sind Sie?“
Seiler stellte sie beide vor. Er musste erst drängen, bevor Nölthing sie hineinbat. Die Wohnung wiederum war eine Überraschung. Nicht die üblichen Ikea-Möbel, wie man sie in einer Studentenwohnung erwarten konnte, standen in dem Arbeitszimmer, in das Nölthing sie führte, sondern ein teure Einrichtung, wie man sie in einem Büro für Manager erwarten würde. Der

Schreibtisch war groß, eine Glasplatte lag auf silbernen, unten leicht geschwungenen Füßen. Ein Ledersessel stand davor, ein Computer mit großem Bildschirm darauf. Die Bücherwände waren aus schwarzem Holz gefertigt, eingelassen darin war ein großer Flachbildschirm. Völkel war beeindruckt. Hier schien sich der zukünftige Rechtsanwalt oder Richter auf seinen Beruf vorzubereiten. Allerdings fiel ihm auf, dass die Bücherwand große Lücken aufwies. Eine Diskrepanz zwischen geistigem und materiellem Anspruch war unübersehbar. In seiner Bücherwand, stellte Völkel fest, standen jedenfalls mehr Bücher. Aber vielleicht täuschte der Eindruck, man sollte sich nicht zu sehr von Äußerlichkeiten leiten lassen.

Ein Blick aus dem Fenster zeigte ihm, dass das Arbeitszimmer an der Straßenseite lag. Auf der gegenüberliegenden Straßenseite entdeckte er das Künstlerlokal, der Wirt war gerade dabei, mit Kreide die Angebote für die Tageskarte auf eine Tafel zu schreiben.

Nölthing bat sie, an der Sitzecke Platz zu nehmen, die in der Nähe des Fensters stand. Er selbst setzte sich auf den Sessel hinter dem Schreibtisch.

„Ich habe Ihnen doch schon alles telefonisch über meinen Vater erzählt“, sagte er und blickte Seiler an. „Sie waren es doch, der mich Samstag angerufen hat, oder?“

Seiler nickte. „Trotzdem, es ist eine neue Situation eingetreten. Kennen Sie den Kompagnon Ihres Vaters, den Herrn Samuel Reiter?“
Völkel wusste nicht, ob es Überraschung oder leichtes Erschrecken war, das Nölthings Gesicht ausdrückte. Jedenfalls wanderten seine Augen unruhig zwischen ihnen hin und her.
„Ich habe ihn ein paar Mal gesehen“, sagte er, „aber nicht oft. Ich habe ja auch meinen Vater in den letzten Jahren selten gesehen, wie sollte ich da seinen Kompagnon häufiger treffen?“
Jetzt müsste er fragen, warum wir etwas über Reiter wissen wollen, dachte Völkel. Der Mord hatte gestern sehr spät stattgefunden, Presse war nicht am Tatort aufgetaucht, also konnte auch nichts darüber in der Zeitung stehen.
„Was ist denn mit ihm?“, fragte Nölthing nach einer kurzen Pause.
„Er ist erschossen worden, genau wie Ihr Vater“, antwortete Völkel. Die direkte, unverblümte Antwort schien ihm am besten zu sein, vielleicht konnte er Nölthing damit aus der Reserve locken. Aber der nickte nur, griff nach einem Kugelschreiber auf seinem Schreibtisch, drehte ihn einen Moment zwischen den Fingern und legte ihn dann zurück.
„Und sehen Sie“, erklärte Seiler, „jetzt machen wir uns Sorgen um Sie. Die beiden Geschäftspartner sind erschossen worden und Sie sind der Erbe Ihres Vaters.

Sie sind der Dritte, der mit diesem Betrieb zu tun hat, und wir wissen nicht, was sich im Hintergrund abspielt."

Jetzt muss er sich erschrecken, dachte Völkel. Jetzt muss ihn die Sorge packen, dass sein Leben in Gefahr ist. Aber einen Moment lang sah es eher so aus, als atmete er auf und wäre erleichtert. Völkel verstand nicht, was das zu bedeuten hatte. Jetzt griff Nölthing zu einer Schere, spielte damit herum und wirkte wieder so fahrig wie vorher.

Ich habe mich getäuscht, dachte Völkel. Obwohl er so fahrig wirkt, hat er seinen Schrecken gut überspielen können.

Seiler hakte nach und wollte wissen, wie das Verhältnis zwischen den beiden Geschäftspartnern war, aber Nölthing behauptete, nichts darüber zu wissen.

„Ich hatte wenig Kontakt zu meinem Vater. Wie soll ich wissen, wie er mit seinem Partner ausgekommen ist?"

„Und privat? Wie sah es da bei Ihrem Vater aus?"

„Sie meinen, ob er eine Freundin hatte." Nölthing sah an ihnen vorbei zum Fenster. „Mein Vater hatte immer Liebschaften. Das war schon zur Zeit seiner Ehe so. Deshalb hat sich meine Mutter auch von ihm getrennt."

„Und im Moment?"

„Hat er vermutlich auch eine. Aber ich weiß darüber nichts, es interessiert mich auch nicht." Er stützte seine Arme auf dem Schreibtisch und sah sie beide an. „Mein

Vater hat sich auch nicht für mich interessiert. Es war ihm scheißegal, wie es mir ging oder wie ich mich fühlte. Von Anfang an war das so, nicht erst seit der Scheidung. Aber seit sich meine Eltern getrennt haben, bin ich ihm noch gleichgültiger geworden. Er hat pünktlich das Geld für mich gezahlt, das ja, aber als Vater war er nicht einmal vorhanden. Ein, zwei flüchtige Begegnungen im Jahr, das war alles. Fragen Sie seine Sekretärin oder seine Putzfrau, die wissen wahrscheinlich mehr über ihn als ich."

Seine Augen funkelten, er hatte sich in Rage geredet.

„Ich weiß nicht, ob ich mich damit verdächtig mache", sagte er dann, „es ist mir auch egal. Sie hätten ja sowieso rausgekriegt, wie unser Verhältnis war."

In der Tat, das hätten wir, dachte Völkel, deshalb war es gut, dass er ihnen die Wahrheit sagte. Es machte ihn glaubwürdiger. Völkel schaute sich um in der gut eingerichteten Wohnung, denn ganz genau schienen ihm Nölthings Angaben in einem Punkt nicht zu sein. War es wirklich nur so, dass sein Vater pünktlich gezahlt hatte, oder hatte es nicht zwischendurch eine Extraunterstützung gegeben, damit er anspruchsvoll leben konnte? Möglich, dachte er. Aber so, wie er seinen Vater schilderte, stammte das Geld eher von der Mutter, die ihren einzigen Sohn vermutlich mit dem Geld aus der Auszahlung unterstützte.

„Dann haben Sie auch keinen Verdacht, wer an seinem Tod ein Interesse haben könnte?"

„Außer mir, das meinen Sie doch, seien Sie ehrlich.“ Seine Augen funkelten noch immer.
„Ja, außer Ihnen!“, rief Völkel. Es ärgerte ihn, wie der Typ sich schon zum zweiten Mal ausdrücklich selber beschuldigte. War das Weinerlichkeit oder eine besonders clevere Taktik? Er sollte ihre Fragen beantworten und die Schlussfolgerungen ihnen überlassen. Diesmal war sein Erschrecken echt, Völkel merkte es an Nölthings weit aufgerissenen Augen.
„Nein, wie sollte ich? Ich weiß nicht, was mein Vater gemacht hat und ob es Leute gibt, die wütend auf ihn sind.“
Völkel verstand seine Antwort. Der Typ spielte auf die Dörfler an. Klar, dass er den Streit um den See mitbekommen hatte. Selbst im Fernsehen war ja darüber berichtet worden. Er beugte sich vor und sah dem Typ fest in die Augen.
„Kennen Sie eine Isabel Homann?“
Nölthing hielt seinem Blick stand. „Nein, wer soll das sein?“
„Eine junge Frau aus dem Dorf am See, die verschwunden ist“, erklärte Seiler.
Nölthing sah ihn nachdenklich an. Überlegte er jetzt, ob er sie doch kannte? Wurde da eine Erinnerung in ihm lebendig?
„Ich kenne mich nicht aus in dem Dorf“, antwortete Nölthing. „Nach dem, was ich gehört habe, ist es wohl auch besser, dass ich mich in dem Dorf nicht sehen las-

se, als Sohn meines Vaters." Er versuchte ein Grinsen, aber es gelang ihm nicht. Sein Mund verzerrte sich unnatürlich.

Also doch, jetzt hat er sich verraten, dachte Völkel. Er kennt die Zusammenhänge dort.

„Dann waren Sie also noch nie an dem See?", fragte Seiler.

„Doch, einmal. Mein Vater hatte mich eingeladen, weil er mich sprechen wollte. Es ging um die Unterstützung für mein Studium. Da sollte ich auf sein Boot kommen. Vielleicht war ihm das sogar das Wichtigste, mir sein tolles Boot zu zeigen."

„Waren Sie nur auf dem Boot und nicht auch woanders?"

„Nein, ich war nur dort."

„Und es war niemand anderer dabei?"

„Nein, niemand."

„Sie studieren Jura, stimmt das?", wollte Völkel wissen.

„Ja, das stimmt."

„Und, läuft es gut? Kommen Sie voran?"

Nölthing sah ihn ungläubig an. „Ja, es geht so. Es ist nicht einfach, aber seit ich in Leipzig bin, komme ich gut voran."

„Im wievielten Semester sind Sie denn?"

„Im vierzehnten." Er blickte Völkel herausfordernd an. „Ich weiß aber nicht, ob Sie das was angeht."

„Oh, gar nichts. Es hat mich halt interessiert, nur so. Denken Sie sich nichts dabei."

Er merkte, dass sie nicht weiterkamen. Eine gestörte Vater-Sohn-Beziehung, wie es einige gab, das war es, was sich vor ihnen ausbreitete. Aber ob das für einen Mord reichte? Außerdem, was hatte das mit Reiter zu tun? Und vor allem, warum versteckte sich Isabel, die Raimund Nölthing doch gar nicht kannte, wie er behauptete? Oder versteckte sie sich gar nicht mehr, sondern war vielleicht sogar schon … Er weigerte sich, den Gedanken zu Ende zu denken. Nein, nicht so ein junger Mensch, der das ganze Leben noch vor sich hatte.

Er merkte, dass seine Gedanken wie von selbst zurück auf den See und die Dörfler gelenkt wurden. Raimund Nölthings Aussage gab einfach zu wenig her für einen Ermittlungsansatz im Privaten, da kamen ganz automatisch die anderen wieder ins Blickfeld, auch wenn ihm der Zusammenhang zwischen Reiter und ihnen nicht klar war. Er sah Seiler an und wies mit dem Kopf zur Tür. Kurze Zeit später standen sie wieder im Hof.

„Jetzt gehen wir doch noch drüben ins Künstlerlokal", sagte Völkel. „Eine Tasse Kaffee kann nicht schaden."

Sie setzten sich an einen der Tische in der Nähe der Tür, so dass sie nach draußen gucken konnten.

„Ist das so ein fahriger Typ oder war der unseretwegen nervös?", fragte Seiler.

„Der ist wohl so", antwortete Völkel. „Dazu passt, dass er schon so lange studiert. Ein Typ, der sich schlecht konzentrieren kann, so kam er mir vor. Wer weiß, wie viele Prüfungen der zwei- oder dreimal machen musste."

„Dann sind Sie also abgerückt von Ihrer Überlegung, der Mord könnte mit Nölthings Privatleben zu tun haben?"

„Sieht so aus." Völkel sagte das, obwohl er nicht ganz überzeugt war, weil dann wieder andere Puzzleteile zusammenpassten. Aber für eine andere Position fehlten ihm jetzt die Argumente.

„Also zurück zum See und zu den Leuten im Dorf", seufzte Seiler.

Einen Moment lang blieben sie noch still nebeneinander sitzen und starrten auf die Straße, dann gingen sie langsam zum Auto. Die ersten Tropfen fielen, das Wetter war endgültig umgeschlagen.

Während der Fahrt erreichte Seiler ein Anruf über Handy.

„Nölthing und Reiter wurden mit demselben Gewehr erschossen", sagte er, als er das Gespräch beendet hatte. „Die ballistischen Untersuchungen haben das eindeutig belegt."

„Wir hatten nichts anderes erwartet", antwortete Völkel.

Als sie im Dorf ankamen, regnete es heftig. Sie fuhren nicht zu Seilers provisorischem Büro, sondern gleich zum Hotel. Es war ihnen, auch ohne dass sie das groß besprachen, klar, dass sie nur über Homann und vor allem über dessen Tochter weiterkamen. Vielleicht auch nur über sie.

Diesmal konnten sie nicht draußen auf der Terrasse sitzen. Völkel stand einen Moment lang am Fenster und starrte hinaus auf den See, auf dem die aufspritzenden Tropfen unzählige Kreise bildeten. Auf das Glitzern der Wellen im Sonnenschein war ein bewegter See im Regen gefolgt. Völkel fand den Anblick genauso faszinierend.

Er setzte sich an den Tisch, an dem Seiler schon Platz genommen hatte. Es war kurz vor drei, wie Völkel mit flüchtigem Blick auf die Armbanduhr feststellte.

Ein neuer Gast war gekommen, ein älterer Mann, der an einem Tisch direkt neben der Eingangstür saß. Seine dunkelgraue Jacke war an den Kragen grün abgesetzt, seine Hose hatte eine grüne Naht, das Schuhwerk war fest. Einer, der zum Wandern gekommen war, dachte Völkel, was auch die Landkarte bestätigte, die der Mann vor sich auf dem Tisch ausgebreitet hatte. Ihr galt seine gesamte Aufmerksamkeit, zu ihnen schaute er nur einmal kurz herüber.

Homann war bemüht freundlich, als er ihm das große Weizenbier brachte, von dem der Mann mit großem Genuss einen Schluck trank. Gleich zweimal fragte er, ob der Mann noch etwas wünschte. Offensichtlich war er froh, wieder einen neuen Gast begrüßen zu können. Erst als der Mann zweimal erklärt hatte, dass er erst

später ein Abendessen bestellen wolle, kam Homann an ihren Tisch.
„Wir wollen auch erst später bestellen. Setzen Sie sich solange zu uns“, sagte Seiler. Der bestimmende Ton, mit dem er das sagte, gefiel Völkel.
„Wo ist Ihre Tochter? Jetzt sagen Sie endlich, was Sie wissen.“
Homann starrte vor sich auf die Tischplatte, die Finger seiner rechten Hand, die er auf die Stuhllehne gelegt hatte, zitterten.
„Ich weiß es nicht“, antwortete er, „Isabel macht, was sie will. Seit wir beide allein sind, tut sie es sowieso.“
„Und sie hat sich nicht mehr bei Ihnen gemeldet seit der Bürgerversammlung?“
Homann schüttelte den Kopf.
„Bringen Sie uns zwei Bier“, sagte Völkel.
Als Homann mit den Gläsern in der Hand zu ihnen kam, sah Völkel ihn an. „Vielleicht kann sie sich gar nicht mehr bei Ihnen melden“, sagte er, „vielleicht ist sie auch ermordet worden und liegt auf dem Grund des Sees.“ Es fiel ihm schwer, diesen Satz auszusprechen, aber er musste Homann erschüttern. Sonst würden sie nie was rauskriegen.
Völkel sah Seiler an. „Vielleicht sollten wir Taucher kommen lassen. Frau Boskamp könnte sie führen, die kennt ja den See und alle Strömungen wie ihre Westentasche.“

In diesem Moment fiel Homann ein Bierglas aus der Hand und zersprang mit lautem Knall auf dem Boden. Hastig stellte er das andere Glas auf dem Tisch ab, rannte aus dem Raum und kam kurz darauf mit Wischeimer und Lappen zurück. „Entschuldigen Sie", sagte er, während er vor Seiler und Völkel auf dem Boden kniete, die Splitter einsammelte und das Bier aufwischte, „ich habe einen Moment nicht aufgepasst." Völkel fühlte Mitleid, während er auf Homann herunterblickte. Wie ein zusammengesunkenes Häuflein Elend kam er ihm vor. Als er sich endlich erhob, hatte er einen hochroten Kopf. Ob von der Anstrengung oder aus Scham konnte Völkel nicht feststellen. Wahrscheinlich wegen beidem.

„Ich bringe Ihnen sofort ein neues Glas." Er zögerte, bevor er ging. „Sie verstehen mich nicht", sagte er dann. „Sie wissen nicht, unter welchem Druck ich stehe. Wegen Isabel und wegen all dem anderen, was hier passiert ist."

„Sie meinen die Morde?", fragte Seiler.

Homann antwortete nicht.

„Wer setzt Sie denn unter Druck? Sagen Sie uns endlich, wer Sie und all die anderen hier bedrängt, dann helfen wir Ihnen."

In diesem Moment betrat die ältere Frau den Raum. Sie trug einen Schirm in der Hand, von dem das Regenwasser auf den Boden tropfte.

„Jetzt erst mal was Warmes trinken!“, rief sie und setzte sich an den Nebentisch. „Können Sie mir einen Tee bringen?“

Völkel wollte nicht, dass das Gespräch durch die Bestellung beendet wurde. Endlich hatte Homann mal mehr verraten als bisher, und da sollte der Faden sofort wieder abreißen?

„Es ist auch im Interesse Ihrer Tochter“, fuhr Völkel fort und tat so, als hätte er die Bestellung überhört, „glauben Sie mir.“

„Ach ja, Ihre Tochter!“, rief die Frau plötzlich. „Ich habe sie schon seit zwei Tagen nicht mehr gesehen. Studiert sie wieder fleißig in Halle?“

Völkel wollte zuerst sauer auf die Einmischung reagieren und mit der Frau meckern, aber dann hielt er sich im letzten Moment zurück. Vielleicht war es gar nicht schlecht, wenn sie ihn befragte und nicht Seiler und er. Mal sehen, wie Homann darauf reagierte. Aber er wich bei seiner Antwort aus.

„Ja, Isabel ist fleißig“, sagte er, „sie hat viel Erfolg im Studium.“

„Hat sie denn noch Kontakt zu dem netten, älteren Herrn?“

Von einem Augenblick zum anderen war Homann wie vom Donner gerührt.

„Welcher ältere Herr?“, stotterte er.

„Na, dieser gepflegte Mann, mit dem ich sie zweimal gesehen habe. Einmal drüben am Parkplatz und das zweite Mal direkt am See. Eine sehr vornehme Erscheinung."

Völkel durchzuckte es. Aber das war doch ... Er sah Seiler an, der ebenfalls verstanden hatte, denn er nickte unmerklich.

„Sie wissen doch, wen ich meine", rief die Frau und merkte immer noch nicht, wie sie Homann mit ihrem Gerede in Verlegenheit brachte.

„Los, das Foto", zischte Völkel, „dasjenige, das Sie mir bei der ersten Begegnung gezeigt haben."

Seiler zog es aus der Innentasche seiner Jacke, stand auf und ging zu der Frau hinüber.

„Hier, schauen Sie mal. Ist das der Mann?", sagte er und hielt ihr das Foto hin.

Die Frau blickte zuerst verwundert auf Seiler, dann auf das Foto. Homann stand weiter wie erstarrt.

„Aber ja, das ist er!", rief die Frau. „Wieso liegt der denn da so komisch mit geschlossenen Augen auf einem Bett? Ist er etwa gestorben?"

Entweder hatte sie wirklich nichts von dem Mord mitbekommen oder sie stellte zwischen den Dingen keinerlei Zusammenhänge her, überlegte Völkel. Wahrscheinlich war es das Letztere. Sie liebte diesen Ort, da wollte sie von nichts wissen, das diesen Eindruck trübte.

„Zweimal haben Sie die beiden zusammen gesehen?", sagte Seiler. „Erzählen Sie mal. Was waren das für Begegnungen?"

Homann ließ die Arme fallen und atmete tief aus. Er hatte aufgegeben und wusste, dass jetzt etwas rauskommen würde, was er gerne verschwiegen hätte.
„Oh, die beiden haben sich gut verstanden", antwortete die Frau. „Das ist mir sofort aufgefallen. Nicht wie Vater und Tochter, nein, da war mehr."
„Woran haben Sie das gemerkt?"
„Aber ich bitte Sie", rief die Frau, „so galant, wie der Mann mit Isabel war. So was können die jungen Männer heutzutage gar nicht mehr. Aber die älteren …"
„Wir danken Ihnen für die Auskunft", unterbrach Seiler sie und wollte zurück zu Völkel.
„Wieso danken Sie mir dafür? Wer sind Sie überhaupt?"
„Das tut nichts zur Sache", antwortete Seiler. „Wir wollten nur Herrn Homann helfen, damit er sich wieder erinnern kann." Er grinste, Homann stand weiter bewegungslos vor dem Tisch.
„Kommen Sie mit an die Theke", sagte er schließlich, „hier haben wir keine Ruhe."
„Oh, die Unruhe gerade hat uns ganz und gar nicht gestört", grinste Völkel.
„Nein, überhaupt nicht", ergänze Seiler.
Kurz darauf saßen sie aber doch an der Theke, jeder ein Glas Bier vor sich.
„Also, Ihre Tochter ist nicht so einfach verschwunden", sagte Völkel. „Sie hat gespürt, dass es gegen alle geht, die etwas mit Nölthing zu tun hatten."

„Ja, sie hatte was mit ihm“, rief Homann. „Herr Gott noch mal, was sollte ich dagegen tun? Sie ist alt genug, um zu entscheiden, mit wem sie was anfängt und mit wem nicht.“
„Warum sollten Sie denn etwas gegen eine Beziehung zwischen den beiden haben?“, wollte Seiler wissen.
„Na, ich bitte Sie. Ein alter Mann und ein so junges Mädchen.“ Er winkte ab. „Aber das war es ja nicht allein. Ausgerechnet der war es, der den ganzen See für sich beansprucht. Der alle gegen sich aufgebracht hat.“
„Die Leute hier haben von der Beziehung gewusst, stimmt's?“, sagte Seiler. „Deshalb haben sie Ihre Tochter geschnitten. Keiner wollte mehr was mit ihr zu tun haben.“
Homann nickte. „Aber Isabel war das egal. Was die Leute im Dorf über sie denken, interessiert sie nicht. Sie will sowieso weg von hier.“
„Und diese Leute decken Sie. Über die wollen Sie nichts aussagen, obwohl sie dabei sind, Ihre Tochter zu bedrohen.“
„Weil ich nichts weiß!“ Homanns Stimme klang wütend und verzweifelt zugleich. „Sie werden das nicht glauben, aber ich weiß wirklich nichts. Jeder im Dorf glaubt, etwas zu ahnen. Jeder glaubt, dass es einer von uns sein könnte, der sich an Nölthing gerächt hat, aber niemand weiß etwas Genaues. Das ist es, weshalb die Leute so still sind.“ Er sah sie wütend an. „Da hat sich jemand für uns geopfert. Der hat gemacht, was wir alle

nicht zu tun gewagt haben. Warum sollen wir nun unter uns anfangen, nach ihm zu suchen? Nölthing hatte doch verdient, was mit ihm passiert ist."

„Da war Ihre Tochter aber anderer Meinung."

„Sie hat mich bekniet, ihr die Wahrheit zu sagen. Sie wollte genauso wissen wie Sie, was passiert war, aber ich wusste es doch nicht."

„Und der zweite Mord, wie passte der dazu? Reiter, Nölthings Kompagnon, hatte doch mit dem Streit um den See nichts zu tun!"

Homann zuckte mit den Schultern.

„Das kann ich mir auch nicht erklären. Der hat mal hier angerufen, weil er Nölthing sprechen wollte und über Handy nicht erreicht hatte. Das ist alles, was ich über den weiß."

„Und Ihre Tochter. Warum muss sie sich bedroht fühlen und abtauchen?"

Diesmal hatte Homanns Schulterzucken einen anderen Grund. Völkel sah, wie sich die Gesichtszüge verzerrten, wie er die Lippen aufeinanderpresste und schniefend durch die Nase einatmete. Homann stand kurz davor zu weinen, er war fertig. Die blanke Angst sprach aus seinen Augen. Angst um seine Tochter. Angst, der Mörder, von dem er behauptete, ihn nicht zu kennen, könnte noch einmal zuschlagen. Und diesmal könnte es gegen seine Tochter gehen.

Völkel sah Seiler an. Ja, sie hatten eine Bresche in diese Mauer des Schweigens geschlagen, endlich hatte einer aus dem Dorf die Maske fallen lassen. Aber es war nicht viel gewesen, was dahinter zum Vorschein kam. Ein paar Details, die Beziehung zwischen Nölthing und Isabel vor allem, aber keine Anhaltspunkte dafür, ob der Mörder im Dorf oder im privaten Umfeld zu suchen war.

Homann vermutete ihn im Dorf, genau wie offensichtlich seine Tochter. Deshalb sein Schweigen und genau deshalb war auch Isabel abgehauen. Immerhin, sie wussten nun, dass sie noch lebte. Das schien sicher zu sein, mehr aber nicht.

Allerdings stellte sich die Frage, ob sie Homann überhaupt trauen konnten. Auch jetzt konnte er noch versuchen, ihnen etwas vorzumachen, womöglich, weil er selbst mit drinhing und einer von den dreien oder vieren war, die alles geplant hatten, weil es anders nicht weiterging mit ihrem Dorfleben. Die Flucht seiner Tochter als willkommene Ablenkung von der eigenen Schuld.

Völkel sah ihn an, sah die verzerrten Gesichtszüge, die schmalen Lippen und die Tränen in den Augenwinkeln, die er verzweifelt niederzukämpfen versuchte. Nein, der Mann hatte die Wahrheit gesagt, jedenfalls in den wichtigsten Punkten. So gut verstellen konnte sich keiner.

„Ich hoffe, dass Isabel an einem sicheren Ort ist, mehr kann ich nicht sagen."

Völkel glaubte, ein leichtes Zittern in der Stimme gehört zu haben. Also war das nicht die ganze Wahrheit, vermutete er. Entweder wusste er es doch, oder er hatte zumindest eine Ahnung.

„Dann gehen Sie also auch davon aus, dass der Mörder noch mal zuschlagen könnte", hakte Seiler nach.

„Ich gehe davon aus, dass hier erst wieder Ruhe am See ist, wenn der Mörder gefasst ist. Und dann hoffe ich, dass wieder alles so wird wie früher. Aber nach diesen Ereignissen …"

Er zapfte sich selber ein Bier, schnell, mit viel Schaum, und trank es in hastigen Schlucken.

Völkel trank langsam, Seiler ließ seines, von einem kleinen Schluck abgesehen, unberührt. Er blickte auf die Uhr.

„Ich habe heute noch einen Arzttermin mit meinem Sohn", sagte er leise. „Meine Frau möchte unbedingt, dass ich dabei bin. Es ist wichtig."

Völkel nickte. „Gehen Sie. Wir sprechen morgen weiter. Bis dahin müssen wir einen Plan haben. Viel Zeit haben wir nicht mehr."

Seiler blickte ihn dankbar an. Kurz drauf saß Völkel alleine an der Theke.

## 16.

Der Regen hatte nachgelassen am späten Nachmittag. Völkel ging noch mal hinaus auf die Terrasse, wischte mit einem Lappen, den Homann ihm reichte, einen Stuhl trocken, setzte sich darauf mit Blick auf den See, genoss die frische Luft in vollen Zügen und rief seine Tochter an.

Ja, es sei alles in Ordnung, erzählte er ihr und beschrieb das Bild des Sees, der vor ihm lag. Von allen Dingen erzählte er ihr, nur nicht von den beiden Leichen, die hier gefunden worden waren. Alles wie gehabt also, nur dass ihm das Lügen, besser gesagt das Verschweigen der ganzen Wahrheit, leichter fiel als sonst, weil Kathrin nicht misstrauisch nachfragte. Sie war völlig arglos, stellte er fest und bekam gerade deshalb ein schlechtes Gewissen. Um Gottes Willen, niemals dürfte sie den wahren Grund erfahren, weshalb er hierhergefahren war. Er brauchte Kathrin und besonders brauchte er Patrick, seinen Enkel. Mindestens einmal im Monat fuhr er wegen beiden nach Düsseldorf und blieb dort über Nacht.

Er versprach, dass er am Wochenende wieder in Dortmund sein würde, und legte auf.

Ob er das halten könnte, den Wochenendtermin, ob sie den Mörder bis dahin haben würden? Schön wär's ja. Aber wenn nicht? Dann könnte er trotzdem zurückfahren, redete er sich ein. Denn was hielt ihn hier? Nichts.

Er war nicht mehr im Dienst und konnte jederzeit abhauen. Aber schon während er das dachte, wusste er, dass der Gedanke unrealistisch war. Eine Sache anzufangen und nicht zu Ende zu bringen, war nicht sein Ding. Das würde sein Ehrgeiz niemals zulassen.
Eine Zeitlang blieb er noch sitzen. Es war kühler als an den Tagen zuvor, ein leichter Wind kam vom See herüber. Tief atmete er durch. Dann ging er zurück, bestellte sich Bratkartoffeln mit Rührei und trank ein Bier dazu. Das Essen schmeckte ihm, Homann machte das gut. Überhaupt war erstaunlich, wie er das alles alleine schaffte. Er zapfte das Bier, und wenn jemand Essen bestellte, kochte er es und bediente auch noch. Gut, es waren nur drei Gäste im Hotel und aus dem Dorf kamen nur hin und wieder Leute. Trotzdem musste alles zügig laufen und das tat es. Wahrscheinlich warf das Hotel im Moment zu wenig ab, um noch eine Bedienung zu beschäftigen. Und Isabel konnte ihm nicht mehr helfen.
Völkel beschloss, zu Bett zu gehen. Er merkte, dass er früher müde wurde als in Dortmund. Ob das auch an der frischen Luft lag?
Er nahm die Zeitung, die an der Rezeption lag, mit auf sein Zimmer, ohne Homann um Erlaubnis zu fragen, der noch hinter der Theke stand. Er war der Letzte im Raum, alle anderen Gäste waren gegangen. Es war eine Lokalzeitung aus Sachsen-Anhalt, stellte Völkel fest, aber egal, die wichtigen Nachrichten würden schon

drinstehen. Er legte sie auf dem Bett ab und stellte sich noch einen Moment lang ans Fenster. Es war tatsächlich ganz still. So still, wie er das in Dortmund an keinem Ort erlebte.
Schließlich setzte er sich auf den Stuhl neben der Stehlampe und begann, in der Zeitung zu lesen. Als er zwischendurch aufblickte, merkte er, dass es dunkel geworden war. Wald und See waren nicht mehr zu erkennen, eine schwarze Wand lag vor seinem Fenster. Völkel blätterte weiter in der Zeitung. Nur noch die Sportberichte, dachte er, dann gehe ich ins Bett und schaue von dort aus einen Film im Fernseher. Auf irgendeinem Sender wird schon was Interessantes laufen. Hinterher wusste er nicht mehr, wie viel Zeit vergangen war. War es eine Stunde gewesen oder weniger? Jedenfalls hörte er plötzlich auf dem Flur ein schleichendes Geräusch. Vielleicht hätte er gar nicht reagiert, wenn jemand normal über den Flur gegangen wäre, aber das Schleichen machte ihn misstrauisch. Jemand ging über den Flur und wollte nicht bemerkt werden. Da stimmte etwas nicht, sofort hatte Völkel diesen Gedanken.
Er lauschte einen Moment lang, das schleichende Geräusch entfernte sich. Die Schritte bis zur Tür schlich er ebenfalls, um nicht frühzeitig gehört zu werden, dann riss er sie auf und sah, wie sich ein Schatten entfernte.

Das Mädchen! Dieser Gedanken schoss ihm sofort durch den Kopf. Isabel war zurückgekehrt, weil sie etwas klären wollte. Heimlich, um nicht entdeckt zu werden. Er sah nur ihren Schatten, aber er war sich sicher, dass sie es war.

„Bleiben Sie stehen", rief er, „lassen Sie uns doch reden!" Einen Moment lang verharrte der Schatten bewegungslos.

Jetzt überlegt sie, was sie tun soll, dachte Völkel. Vielleicht ist sie aber auch überrascht, dass sie trotz aller Vorsicht doch von jemandem gehört worden ist.

„Es ist das Beste, auch für Sie, Isabel. Glauben Sie mir doch!"

Vielleicht hätte er ihren Namen nicht rufen dürfen, vielleicht fühlte sie sich erst dadurch endgültig ertappt, jedenfalls rannte sie plötzlich los. Sie rannte den Flur hinunter, Völkel hinterher. Er merkte erst jetzt, dass er auf Socken lief. Vorhin, als er sein Zimmer betreten hatte, hatte er die Schuhe ausgezogen. Aber egal, um zurückzulaufen und sie anzuziehen, fehlte ihm jetzt die Zeit.

Der Schatten lief an der Tür zum Treppenhaus vorbei bis zum Ende des Flurs, riss dort eine Tür auf und verschwand dahinter. Völkel merkte, dass es ihm schwerfiel, dem Schatten zu folgen.

Im nächsten Moment erreichte auch er die Tür, stürmte hindurch und merkte, dass es ein zweites Treppenhaus war, schmaler als das, was er kannte. Klar, jedes

Hotel hatte einen Notausgang. Sie war schon die erste Treppe hinuntergelaufen, so dass er sie nicht mehr sehen konnte, aber unten hörte er ihre Schritte. Er musste aufpassen, nicht auf den glatten Steinstufen auszurutschen, lief etwas langsamer und musste den Vorsprung noch größer werden lassen. Aber unten würde er wieder zulegen und dann, ja, dann würde er sie kriegen. Er musste es einfach schaffen. Als er dort ankam, gab es zwei Möglichkeiten. Entweder konnte man durch eine Tür nach draußen entwischen oder einen Flur entlang Richtung Rezeption laufen. Völkel konnte den Schatten immer noch nicht sehen, nicht zuletzt deshalb, weil es stockfinster war, aber die Außentür war geschlossen. Also rannte er in den Flur hinein, in dem alles dunkel und vor allem still war. Homann war nicht hier, er war längst in seinen Wohnräumen im oberen Stock verschwunden.

Völkel kam an der Küche und der Tür zum Schankraum vorbei, in dem Moment entdeckte er den Schatten gut zehn Meter vor sich. Die Person hatte gerade die Tür zum Gesellschaftszimmer geöffnet, ein schwacher Lichtstrahl fiel hindurch, so dass er sie schemenhaft im Profil erkennen konnte. Es war eine kleine, schmale Person. Jetzt war er sich endgültig sicher, dass es Isabel war.

„Nun rennen Sie doch nicht wieder weg“, keuchte er, „ich helfe Ihnen, das verspreche ich.“

Aber sie zögerte keine Sekunde lang und verschwand im Gesellschaftszimmer. Als Völkel dort ankam, sah er, dass Isabel mit einem Schlüssel bereits die Schiebetür zur Terrasse geöffnet und einen Spaltbreit aufgeschoben hatte. Schnell huschte sie hindurch. Völkel musste die Tür erst ein Stückchen weiter aufschieben, um sich ebenfalls hindurchzwängen zu können.
Isabel kletterte in diesem Moment schon über Nölthings Zaun und rannte zum Ufer des Sees. Oh Gott, dachte Völkel, ob ich das noch schaffe, über so einen Zaun zu steigen? Aber es half nichts, er musste es versuchen, Isabel würde nicht stehen bleiben und sie brauchten ihre Aussage. Mit Isabel würden sie Licht ins Dunkel bringen, endlich! Er schaffte es auch, indem er sich auf die obere Kante stütze und hinüberwälzte. Die Folge war allerdings, dass er das Gleichgewicht verlor und auf der anderen Seite mit dem Rücken zuerst in den aufgeschütteten Sand fiel. Ein Stein lag dort in Höhe des rechten Schulterblatts, sofort spürte er einen stechenden Schmerz.
Verdammter Mist, was machte er hier?! Was trieb er hier für einen Unsinn, bei dem er sich auch noch verletzte? Nur mühsam konnte er sich aufrichten, an Weiterlaufen war nicht zu denken. Von Isabel war nicht mal mehr ein Schatten zu sehen.
Völkel lehnte sich mit dem Hinterteil gegen den Zaun und versuchte, mit dem linken Arm zu seiner Schulter zu greifen, um sie ein wenig zu massieren. Aber so rich-

tig kam er an die schmerzhafte Stelle nicht heran. Er brach den Versuch ab, der Schmerz ließ auch so nach. Noch immer war er außer Atem. Nein, Verfolgungsjagden waren wirklich nicht mehr seine Sache, nicht die Spur einer Chance hatte er gehabt. Solche Versuche sollte er lassen, dachte er, endgültig.
Ein Déjà-vu-Erlebnis, fiel ihm ein, genau das war es. Aber doch mit Unterschieden. Zweimal habe ich Isabel nachts gesehen, insofern stimmt das mit dem Déjà-vu. Aber beim ersten Mal hat sie Kontakt zu mir gesucht, im letzten Moment aber einen Rückzieher gemacht. Beim zweiten Mal ging es von mir aus, da habe ich sie erwischt, als sie … Ja, was eigentlich? Als sie etwas gesucht hat? Oder hat sie gar nichts gesucht, sondern einfach nur Angst gehabt in ihrem Versteck, womöglich ganz allein, und wollte deshalb zurück in ihr Zimmer? Eine Angst, die sich nach dem zweiten Mord vermutlich noch gesteigert hatte. Oder sie hat zu ihrem Vater gewollt, um etwas zu klären, vielleicht um Hintergründe zu erfahren. Warum dieser zweite Mord, was hat der eine mit dem anderen zu tun? Und was bedeutet das für mich? Vielleicht wollte sie darüber Sicherheit gewinnen.
Völkel nickte, gut möglich, dass dies der Grund für ihre Rückkehr war. Aber wenn sie schnell mal hierherkommen konnte, hieß das, dass sie nicht weit weg gewesen sein konnte. Dann musste sie ihr Versteck

hier irgendwo in der Nähe haben und zwar so nah, dass sie von dem zweiten Mord gehört hatte.
Es wurde ihm kalt an den Füßen, Sand klebte an seinen Socken. Es wurde Zeit, dass er wieder ins Hotel kam. Aber verdammt, wie kam er jetzt zurück? Sich noch mal über den Zaun zu wälzen, um auf der anderen Seite noch mal auf dem Rücken zu landen? Nein, bloß das nicht. Er tastete sich am Zaun entlang, kam immer weiter vom Hotel weg, spürte immer stärker die Kälte an den Füßen und merkte, dass es so auch nicht ging. Schließlich nahm er allen Mut zusammen, stemmte sich hoch, schaffte es, das rechte Bein über den Zaun zu hieven, zog das linke nach und stand im nächsten Moment erleichtert auf der anderen Seite. Als er zum Hotel zurückkam, blickte er hinauf zum oberen Stockwerk. Wenn dort noch Licht war, wäre Homann noch wach, dann könnte er … Aber es brannte dort oben kein Licht mehr. Egal, sie mussten einen anderen Weg zur Lösung finden. Auf Homann und seine Tochter konnten sie nicht setzen.
Er ging den Weg zurück, den er gelaufen war, verschloss hinter sich die Türen und stand schließlich mit dreckverschmierten Socken und schmerzendem Rücken in seinem Zimmer. Egal, die Socken waren nicht wichtig und die Schmerzen musste er aushalten. Wichtiger war, dass ihm eine Idee gekommen war. Ja, genau, so mussten sie weiterermitteln. Völkel hatte plötzlich den Plan, den sie brauchten. Als hätte die vergebliche Ren-

nerei den Anstoß dafür gegeben, welches der richtige Weg war, den sie gehen mussten. So kam es ihm vor. Hoffentlich würde Seiler das morgen genauso sehen.

## 17.

Am anderen Morgen war alles wie gehabt. Homann stand, als Völkel das Gesellschaftszimmer betrat, das auch als Frühstücksraum diente, in der Küche und bereitete das Frühstück zu, nur dass er es diesmal für drei Personen tun musste. Die ältere Frau und der Mann saßen schon an zwei Tischen. Die Frau wollte wieder ein Gespräch beginnen, hob den Kopf, öffnete den Mund, aber Völkel grüßte nur kurz und ging eilig vorbei. Ein bisschen ungerecht war das, fand Völkel, denn immerhin hatten sie der Frau einen wichtigen Tipp zu verdanken. Aber er hatte einfach keine Lust auf irgendwelche banalen Gespräche. Der Wanderer nickte. Ein Einzelgänger, dachte Völkel und war sehr einverstanden mit seinem zurückhaltenden Wesen. Immerhin versuchte er nicht, ihn vom Sinn seiner Tätigkeit zu überzeugen oder von der Schönheit der Landschaft beim Wandern. Völkel war über beides schon bestens im Bilde.

Er suchte sich einen Tisch ganz in einer Ecke mit Blick auf den See. Als er nach draußen schaute, musste er grinsen. Nölthings Zaun, der den Zugang zum See versperren sollte, stand in Höhe der Terrasse schief. Ganz klar, das war das Ergebnis seiner nächtlichen Turnübungen, aber Völkel hatte keine Schuldgefühle. Der ganze Zaun gehörte abgerissen, besser gesagt hätte er nie gebaut werden dürfen. Ob das die Morde an Nölthing und Reiter verhindert hätte, da war er sich nicht sicher. Auf jeden Fall würde ihm dann nicht sein Rücken so wehtun.

Zwei Wege, dachte er, um sich abzulenken, es gibt zwei Wege zur Lösung. Und beide müssen wir beschreiten. Einer davon, so viel war sicher, war ein Irrweg, aber der andere müsste ans Ziel führen. Und welcher das war, ließ sich nur durch Ausprobieren herausfinden. Das jedenfalls war seine Hoffnung. Seiler gegenüber durfte er aber nichts von Hoffnung sagen, sondern musste vorgeben, seiner Sache sicher zu sein.

Homann brachte ihm das Frühstück. Zwei Brötchen, Rührei, Wurst, Marmelade. Er wusste inzwischen, dass Völkel Kirschmarmelade bevorzugte.

„Wie geht's Isabel?", fragte er.

Die Überraschung, mit der Homann ihn ansah, schien echt zu sein. Gut möglich, dass er von der nächtlichen Verfolgungsjagd gar nichts mitbekommen hatte.

„Wie meinen Sie das, wie es ihr geht?"

Völkel winkte ab. „War nur so eine Frage. Denken Sie sich nichts dabei."

Während er aß, wartete er ungeduldig auf Seiler. Er wollte ihm unbedingt seinen Plan mitteilen, denn viel

Zeit hatten sie nicht. Der Fall war noch nicht an seinem Ende angelangt, da kam noch was. Isabel glaubte das auch, weshalb sonst war sie hier aufgetaucht? Weshalb sonst war sie danach wieder verschwunden?
Endlich kam Seiler. Völkel winkte Homann zu, aber der brachte schon von sich aus eine zweite Kaffeetasse, wie es inzwischen üblich geworden war. Völkel goss Seiler aus seinem Kännchen etwas ein. Dann erzählte er ihm von seinem Erlebnis in der Nacht und wies auf das einzige Ergebnis seiner Bemühungen. Seiler konnte ein Grinsen nicht unterdrücken, als er den demolierten Zaun sah.
„Schade“, sagte er dann, „jetzt sind wir nur ein kleines Stückchen weiter.“
„Ein kleines Stückchen? Welches denn?“
„Der Abgleich der Fingerabdrücke hat ergeben, dass Reiter auf Nölthings Boot war. Ob allerdings auch zur Tatzeit, lässt sich daraus nicht schließen.“
„Davon sollten wir ausgehen“, entgegnete Völkel. „Irgendetwas ist zwischen dem Täter und Reiter passiert, weshalb er sterben musste.“ Er rieb sich die Stirn. „Aber was?“
Seiler zuckte mit den Schultern. „Auch das ist nur eine Vermutung. Keine schlechte, das stimmt, aber auch nicht mehr als das. Langsam gehen mir die Ideen aus. Mein Kollege in Wittenberg ist noch mal alle Spuren durchgegangen. Nichts. Mein Chef plant eine Sonder-

kommission einzusetzen. Noch an diesem Wochenende soll sie zusammenkommen.“
Völkel nickte. „Das normale Vorgehen“, sagte er, „ich würde nicht anders handeln.“
„Dann wäre unsere Zusammenarbeit beendet, denn in diese Arbeitsgruppe ...“
„Ist klar“, antwortete Völkel. „Aber bis es so weit ist, bleibt uns noch etwas Zeit. Und ich habe da eine Idee, wie wir die nutzen könnten.“
Seilers Augen zogen sich zu einem schmalen Spalt zusammen. „Und was ist das für eine Idee?“
„Sie hat mit unseren beiden Grundüberlegungen zu tun. Entweder haben die Morde was mit den Leuten im Dorf zu tun. Dann ist der Mörder einer von ihnen und sie decken ihn deshalb. Oder sie nehmen das, genau wie wir, nur an. Dann ist es niemand von ihnen und die Gründe wären im privaten Umfeld von Nölthing zu suchen.“
Völkel machte eine kleine Pause, um Seilers Antwort abzuwarten, aber der sagte nichts, sondern zog nur die Stirn in Falten. Wo ist da die Idee, schien er zu denken. So weit sind wir doch schon lange.
„Deshalb müssen wir von jeder Spur eine Person beschatten“, fuhr Völkel fort, „nämlich von der einen Spur Nölthings Sohn und von der anderen diesen Holger Knapp. Die beiden sind die wichtigsten. Über einen von den beiden müssen wir ans Ziel kommen.“
„Müssen oder werden?“

„Werden“, antwortete Völkel und dachte: Hoffentlich werden!
Seiler überlegte, Völkel ließ ihm Zeit. Als es ihm zu lange dauerte, glaubte er, Argumente nachschieben zu müssen.
„Wir könnten weiter Leute im Dorf vernehmen, aber der kollektive Druck, der auf jedem Einzelnen von denen lastet, wird es schwer machen, brauchbare Ergebnisse rauszukriegen. Und gegen Nölthings Sohn haben wir nichts in der Hand. Wo sollen wir da nachhaken? Wir müssen bei unserer Überlegung ansetzen, dass der Täter noch aktiv ist und irgendetwas vorhat. Und zwar muss er das, was er vorhat, möglichst schnell erledigen, um letzte Spuren zu verwischen und sein Ziel endgültig zu erreichen. Alle, von denen wir annehmen, dass sie etwas wissen oder ahnen, gehen ebenfalls davon aus. Weshalb sonst diese Front gegen uns im Dorf? Das ist nicht nur einfaches Schweigen, da spielt vielleicht auch Angst eine Rolle. Weshalb sonst, vor allem, ist Isabel abgetaucht?“
„Aber Angst reicht noch nicht als Erklärung. Wenn der Mörder keiner von den Dörflern ist, warum schweigen die Leute dann so beharrlich? Warum arbeiten sie dann nicht mit uns zusammen?“
„Weil sie in dem Fall demselben Irrtum unterlegen sind wie wir. Weil sie nur glauben, es könnte einer von ihnen sein, der sich an Nölthing gerächt hat. Einer, der es für sie alle getan hat. Und weil sie deshalb glauben,

ihm dann Unterstützung schuldig zu sein. Darauf, dass es auch eine andere Lösung geben könnte, sind sie nicht gekommen."

Völkel schwieg einen Moment lang. „Es schien ja auch alles völlig klar zu sein", fügte er dann hinzu, „selbst wir haben das geglaubt. Aber das war es vielleicht gar nicht."

Seiler starrte auf die Tischplatte. Dann begann er zu nicken, unmerklich zuerst, dann immer heftiger.

„Gut", sagte er, „solange die Kommission nicht arbeitet, können wir tun, was wir für richtig halten. Warum nicht zwei Spuren getrennt voneinander verfolgen? Fragt sich nur, wer wen beschatten soll."

„Ich den Raimund Nölthing, Sie den Knapp."

„Und warum Knapp und nicht den Homann?"

„Beobachten Sie Homann so lange, bis Knapp von der Arbeit nach Hause kommt. Aber das wird meiner Meinung nach zu nichts führen, denn der ist bestenfalls ein Mitläufer, sonst wäre seine Tochter ja nicht in Gefahr. Aber es könnte trotzdem sein, dass er etwas unternimmt, was uns auf die richtige Spur bringt. Einfach, weil er seiner Tochter helfen will. Aber sobald Knapp Feierabend hat, ist der unser Mann. Den müssen Sie im Auge behalten."

Es schien so, als hätte Homann gemerkt, dass von ihm die Rede war, denn er blickte plötzlich von der Theke herüber. Aber das musste Zufall sein, es war nicht möglich, dass er etwas von dem Gespräch mitbekommen hatte.

## 18.

Völkel hatte sich den Weg nach Leipzig zu Nölthings Wohnung noch einmal beschreiben lassen, aber es war nicht schwierig, dorthin zu finden. Seiler hatte ihm die richtige Ausfahrt genannt und in Leipzig selbst hielt er sich an die Schilder, die zur Thomaskirche führten, dann war er schon in der Nähe von Nölthings Wohnung. Er parkte in Höhe der Künstlerkneipe und stellte den Rückspiegel so, dass er das Fenster von Nölthings Arbeitszimmer sehen konnte.

Er schaute auf die Uhr, es war kurz nach elf. Ob Nölthing überhaupt da war? Vielleicht war er ja zur Uni gegangen und Völkel wartete vergebens auf ihn. Oder er war anderweitig unterwegs, um wer weiß was zu machen. Etwas, das mit ihrem Fall zu tun hatte. Völkel merkte, wie er unruhig wurde. Die Idee mit der Beschattung war richtig, aber sie musste auch klappen. Ein leeres Nest zu beobachten ergab keinen Sinn.

Völkel kontrollierte die Autos, die in der Straße parkten. Welches passte zu einem Studenten? Der Mercedes schräg gegenüber ganz bestimmt nicht. Das war das Protzauto eines Geschäftsmannes, der in der Gegend zu tun hatte. Wohnen würde der hier auch nicht.

Der dunkle Sportwagen zwei Häuser weiter war es auch nicht. Nein, Studenten fuhren alte, halb abgewrackte Autos, die sie sich gerade leisten konnten. So eines wie den roten Golf zum Beispiel, der hinter dem Mercedes stand. Oder der kleine Fiat direkt vor ihm. Völkel beschloss, diese beiden Wagen im Auge zu behalten.

Über Handy rief er Seiler an. Ja, Seiler hatte auch Position bezogen. Er hatte das Hotel verlassen, war scheinbar weggefahren, hatte aber so in der Nähe geparkt, dass er das Hotel im Blick hatte. Passiert war noch nichts.

„Langweilig, dieses Warten", sagte er.

„Lieber Langeweile als den nächsten Mord", antwortete Völkel.

Er hörte, wie Seiler kicherte.

„Da haben Sie Recht."

Der Satz war aber nicht nur als Trost für Seiler gedacht, Völkel musste sich ebenfalls beruhigen. Er langweilte sich nämlich mindestens ebenso. Das Wetter war wieder aufgeklart, die Straße lag im Sonnenschein, die Häuserfassaden schimmerten gelblich. Wenigstens diesen Anblick konnte er genießen.

Plötzlich merkte er, dass sich hinter der Fensterscheibe von Nölthings Arbeitszimmer etwas bewegte. Völkel beugte sich vor, um genau über den Rückspiegel das Fenster zu beobachten, aber die Lichtreflexionen störten. Er drehte den Kopf nach hinten, um direkt zum

Fenster zu sehen. Tatsächlich, da bewegte sie etwas. Ein Schatten huschte vorbei. Mist, wenn er das doch genauer sehen würde! Wenn er sicher sein könnte, dass es wirklich Nölthing war und nicht irgendein Besucher! Im nächsten Moment sah er ihn dann. Ja, das war Nölthing, der hinter der Fensterscheibe stand und nach draußen blickte. War es der misstrauische Blick dessen, der das Terrain testen wollte? Nein, das konnte er nicht erkennen. Im nächsten Moment war Nölthing verschwunden und so angestrengt Völkel auch zum Fenster hochschaute, es tauchte kein Schatten mehr auf.

Wieder begann das langweilige Warten, Völkel merkte, dass er müde wurde. Er nahm sein Handy, stieg aus und ging in das Künstlerlokal. Von einem Fensterplatz aus konnte er genauso gut Nölthings Wohnung beobachten und dabei eine Tasse Kaffee trinken.

Der Wirt lächelte, als er Völkel sah.

„Ist ja schön, dass Sie bei mir auch was trinken und nicht nur nach dem Weg fragen", sagte er. Mehr aber sagte er nicht.

Der ahnt etwas, dachte Völkel. Der weiß, dass ich nicht zufällig hier sitze, aber neugierig ist er nicht. Er lächelte ihn an. Diskrete Menschen, die zwar alles kapieren, einem aber nicht auf die Nerven gehen, waren ihm schon immer sympathisch gewesen.

Völkel genoss den Kaffee. Er ließ seinen Gedanken freien Lauf. Schade, dass er das Völkerschlachtdenkmal

nicht sehen konnte, dachte er. Und auch nicht die Thomaskirche mit dem Grab von Bach. Ob er sich, wenn das alles beendet war, noch einen oder zwei Tage Zeit nehmen sollte?
Er trank in kleinen Schlucken, der Kaffee tat ihm gut, die Müdigkeit wich. Eine zweite Tasse konnte auch nicht schaden.
Zwischendurch rief Seiler wieder an. Bei ihm war auch noch alles ruhig. Völkel schaute auf die Uhr. Die Zeit verrann. Morgen, spätestens übermorgen würde die Soko zusammentreten. Wenn bis dahin nichts passierte, würde er nie erfahren, ob sein Plan richtig war oder nicht.

## 19.

Sie wusste nicht, was sie tun sollte. Sie war hilf- und ratlos wie ein Kind. Es war ein Gefühl, von dem sie geglaubt hatte, es längst überwunden zu haben, aber plötzlich war es wieder da. Und zwar so stark, dass sie glaubte, es wäre niemals verschwunden gewesen, sondern hätte nur, tief in ihr versteckt, viele Jahre lang geschlummert. Es war das Gefühl, nicht ein noch aus zu wissen und auf Hilfe angewiesen zu sein. Hilfe, die früher von ihren Eltern gekommen war. Aber jetzt, wo sollte sie jetzt herkommen? Sie wusste es nicht, deshalb war sie auf die Idee gekommen, zu ihrem Vater zu gehen. Sie hatte keine Vorstellung davon gehabt, wie er ihr helfen könnte, denn er stand selber unter Druck. Aber ein kindliches Gefühl, die Sehnsucht nach Geborgenheit, hatte sie zu ihm getrieben. Von ihren Eltern hatte sie immer Hilfe bekommen, von ihrer Mutter mehr als von ihrem Vater, aber nun war sie nicht mehr da. Nun war nur noch er es, den sie ansprechen konnte. Deshalb hatte sie sich nach Einbruch der Dunkelheit aufgemacht. Sie wollte ihn sprechen, allein dieser Gedanke gab ihr die Kraft, ihre Angst zu überwinden und sich durch die Dunkelheit des Waldes zu schleichen. Dunkelheit war nicht das richtige Wort, finster war es um sie gewesen, stockfinster. Aber sie hatte durchgehalten. Der Wunsch nach einem tröstenden Wort war größer gewesen als ihre Angst.

Aber die Rückkehr nach Hause war ein Fehler gewesen, sie hatte es gemerkt, als der Kommissar sie ertappt hatte. Plötzlich hatte er im Hotelflur gestanden, als sie zu den Zimmern ihres Vaters geschlichen war. Sie war völlig überrascht gewesen, denn sie war leise aufgetreten und hatte kein Licht gemacht. Aber er hatte sie trotzdem bemerkt. Einen Moment lang war sie unsicher gewesen, ob sie nicht doch das Gespräch mit ihm führen sollte, das sie schon am Tag seiner Ankunft mit ihm führen wollte. Aber nein, es ging nicht. Zu viel hätte sie ihm erzählen müssen, was besser geheim blieb. Ein Geheimnis zwischen dem, den es nicht mehr gab, und ihr. Spätestens da hatte sie gemerkt, wie falsch es war, hierher zurückzukommen, denn diesmal hatte er sie nicht einfach weggehen lassen. Diesmal war er hinter ihr her gerannt. Gott sei Dank kannte sie sich im Hotel besser aus als er, und als sie auch noch über den Zaun klettern konnte, bevor er sie erreichte, war das ihre Rettung gewesen. Am lauten Plumpsen hatte sie gemerkt, dass es ihm nicht gelungen war, ihr so einfach hinüberzufolgen. Er musste sich wehgetan haben bei dem Sturz, denn danach hatte sie ihn nicht mehr hinter sich gehört. Er hatte aufgegeben.

Das war noch mal gut gegangen, aber es hatte keines ihrer Probleme gelöst. Bestenfalls hatte es verhindert, dass ein weiteres hinzukam.

Sie war noch verzweifelter gewesen, als sie sich zurückschlich. Zurück zu ihrem einsamen Versteck.

Die anschließende Nacht hatte sie nur mit Mühen überstanden. Sie durfte ja kein Licht einschalten, um sich nicht zu verraten, sie hatte die Nacht in völliger Dunkelheit verbracht und auf jedes Geräusch gelauscht. Und je mehr sie darauf gelauscht hatte, desto zahlreicher und lauter waren die Geräusche geworden. Jedes Rascheln, Klappern oder Plätschern hatte sie zusammenzucken lassen. War das wirklich nur der Wind gewesen, hatte er den See aufgeraut und eine Welle ans Ufer geworfen oder hatte sich jemand genähert? Und obwohl sie sich einzureden versuchte, dass es der Wind war oder ein Tier, das vorbeigelaufen war, hatte sie sich doch nicht beruhigen können. Zwanghaft ging sie immer wieder von der gefährlichsten Ursache für die Geräusche aus. Und es war nicht einmal falsch, das zu tun. Ihr Versteck gab nur so lange Sicherheit, wie es unentdeckt blieb. Wenn es aber entdeckt wurde, wenn vor allem der Täter davon wusste, saß sie in der Falle. Dann war sie ihm ausgeliefert, auf Gedeih und Verderb. Dieser Gedanke war es vor allem gewesen, der sie beunruhigt hatte. Nicht mehr ausweichen zu können, sondern ausgeliefert zu sein. Sie hatte sich dann immer weiter in ihrem Versteck zurückgezogen, in den hintersten Raum, in den äußersten Winkel. Dort hatte sie sich auf den Boden gesetzt, die Beine angezogen und die Arme darum geschlungen.

Wie lange sie so dagesessen hatte, hatte sie am Morgen nicht mehr gewusst. Mit der Zeit war sie müde geworden, die Geräusche um sie herum waren leiser geworden, sie hatte den Kopf nach vorn gebeugt und war eingeschlafen. Aber nicht lange, dann hatte das nächste Geräusch sie aufgeschreckt, ein Geräusch ganz aus der Nähe. Das Blut war ihr in den Kopf geschossen, ihr Herz raste, denn der schreckliche Gedanke hatte sie erfasst: Jetzt ist er da. Jetzt ist er endgültig gekommen. Sofort war ihr Fluchtinstinkt wieder erwacht. Raus hier, weg hier, solange das noch möglich war. Sie musste sich zwingen, nicht loszurennen, musste mit ihren Armen die eigenen Beine mit aller Macht runterdrücken, um nicht aufzuspringen.

Es bringt doch nichts, hatte sie sich eingeredet. Wenn er es ist, dann hat er dich sowieso. Dann läufst du ihm geradewegs entgegen. Aber wenn er es nicht ist, stehst du gleich völlig allein in der Einsamkeit und Dunkelheit, und was dann?

Ja, das waren ihre Gedanken gewesen, die sie schließlich so weit brachten, sitzen zu bleiben, wo sie saß, die Augen starr auf die Tür gerichtet, die sie in der Dunkelheit nur ahnen, aber nicht sehen konnte. Erst nach und nach, als weitere Geräusche ausblieben, hatte sie sich wieder beruhigt.

Nein, er war es nicht gewesen, sie hatte die Chance, weiterzuleben.

Als die ersten Lichtstrahlen durch die Ritzen der Fensterläden fielen, atmete sie auf. Sie war nicht mehr der Dunkelheit ausgeliefert, sie konnte sehen, was um sie herum passierte. Das gab ihr ein Gefühl der Erleichterung, wenn auch nicht der völligen Sicherheit. Nein, vorbei war die Gefahr nicht. Aber wenn sie sie sehen konnte, vergrößerte sich ihre Chance, ihr auszuweichen.

Als sie aufstehen wollte, merkte sie, dass ihre Gliedmaßen eingeschlafen waren. Sie kam zuerst nicht hoch aus ihrer Ecke, Arme und Beine versagten ihren Dienst. Sie streckte die Beine lang aus und merkte nach ein paar Sekunden, wie das Blut durch die Adern strömte. Es tat weh, sehr weh sogar. Aber ihre Schmerzen rührten nicht nur daher, dass sie das Blut abgeklemmt hatte, sie

hatte auch, ohne es zu merken, völlig angestrengt in der Ecke gesessen. Ihre Muskeln waren verkrampft, deshalb begann sie, Arme und Beine zu massieren. Es dauerte einige Zeit, bis sie aufstehen konnte. Die ersten Schritte ging sie staksig, dann normalisierte sich ihr Gang.
Sie schlich sich zum Fenster an der einen Zimmerseite, blinzelte durch eine Ritze und sah im Dämmerlicht, dass niemand draußen war. Dann schlich sie zum gegenüberliegenden Fenster. Der Blick durch eine Ritze hinüber zum Wasser zeigte ihr, dass auch dort alles in Ordnung war.
Sie atmete auf, holte sich aus dem Kühlschrank eine Flasche Saft und trank einen Schluck. Jetzt sofort nach draußen zu gehen, traute sie sich trotzdem nicht. Erst müsste es richtig hell werden, dann würde sie sich dort umsehen.

## 20.

Völkel hatte sich wieder in seinen Bora gesetzt. Es war nichts passiert, Raimund Nölthing hatte sich nicht mehr am Fenster gezeigt, nur der rote Golf stand nicht mehr am Straßenrand. Eine junge Frau mit Minirock, etwa zwanzig Jahre alt, war eingestiegen und weggefahren.

Völkel bekam langsam Zweifel, ob seine Idee wirklich gut gewesen war. Beide Spuren an den wichtigen Stellen zu überwachen, klang eigentlich logisch. Seiler hatte ihm die Idee auch abgenommen. Allerdings zeigte er damit ein Vertrauen, das noch immer beeinflusst war von Völkels Vortrag in der Polizeischule vor vielen Jahren. Was wäre, wenn er ihn enttäuschen würde? Eigentlich konnte ihm es egal sein, er war nicht mehr im Dienst, es spielte keine Rolle, was dieser oder jener Polizist über ihn dachte. Aber es war ihm nicht egal. Völkel hatte das Gefühl, einen guten Ruf zu verlieren.

Inzwischen müsste Seiler diesen Knapp observieren, dachte er, als er mal wieder auf die Uhr blickte. Es war längst Nachmittag, Knapp müsste von der Arbeit zurück sein.

Los jetzt, dachte er, einer von euch muss aktiv werden. Ich habe mich nicht geirrt, eine von beiden Spuren führt zum Täter.

Er wäre gerne ausgestiegen und ein paar Schritte auf dem Bürgersteig gelaufen, aber das durfte er nicht. Nölthing kannte ihn, wenn er aus dem Fenster sehen würde, wäre der ganze Plan hinfällig.

Er ertappte sich dabei, dass die Abstände, in denen er auf die Uhr schaute, immer kürzer wurden. Immer langsamer krochen die Sekunden dahin.

Als dann plötzlich das Handy klingelte, war er gar nicht darauf gefasst. Er zuckte regelrecht zusammen, suchte es verwirrt auf dem Beifahrersitz und merkte

erst nach mehrmaligem Klingeln, dass er es in die Jackentasche gesteckt hatte. Es war Seilers Stimme, die ihm entgegenschallte.
„Knapp hat was vor!“, rief er, und Völkel hörte die Aufregung in seiner Stimme. „Er ist vor einer halben Stunde nach Hause gekommen, aber jetzt macht er sich bereit wegzufahren. Irgendwas stimmt da nicht.“
„Wie kommen Sie darauf?“, wollte Völkel wissen.
„Weil er sich so komisch benimmt. Eben ist er kurz aus dem Haus getreten, aber nicht, weil er etwas erledigen wollte. Er hat sich nur umgesehen, fast so, als wollte er sehen, ob er beobachtet wird.“
„Hat er Sie entdeckt?“
„Nein, ich habe weit genug von seinem Haus geparkt. Hier ist ja alles übersichtlich, da kann ich einen großen Abstand halten. Jetzt ist er wieder aus dem Haus getreten, hat seine Jacke angezogen und den Autoschlüssel in der Hand. Der will weg, der hat was vor. Kommen Sie so schnell wie möglich.“
„Wir halten über Handy Kontakt“, rief Völkel, der jetzt ebenfalls spürte, wie ihn Unruhe erfasste, „Sie beschreiben mir den Weg, den ich fahren muss.“
Bevor er den Motor anließ, blickte er noch mal zu Nölthings Zimmer hoch.
Du bist es also nicht, dachte er, du hast uns tatsächlich nicht belogen. Dann gab er Gas.

Er fuhr über den Innenstadtring und wollte die Autobahn Richtung Halle finden, da hörte er, dass Seiler etwas rief. Völkel griff zu seinem Handy.
„Fahren Sie auf die B 2 Richtung Krostitz", rief er, „wir kommen Ihnen entgegen."
Die B 2, dachte Völkel, Krostitz, davon habe ich noch nie gehört. An jeder Straßenecke oder Kreuzung fuhr er langsamer, um die Wegweiser zu lesen. Krostitz stand nicht darauf.
„Verdammt, wo ist dieses Kaff?"
„Sie müssen auf die Schilder Richtung B 2 achten!", rief Seiler, der Völkels Fluch gehört hatte. Endlich fand er ein Schild mit dem Namen: Krostitz, Bad Düben. Er atmete auf.
„Ich hab's gefunden!", rief er.
„Ich bin mir jetzt ganz sicher, dass Knapp was vorhat", erklärte Seiler. „Ich bin zwar nicht direkt hinter ihm, sehe aber, dass er sich immer wieder umdreht. Der will sicher sein, dass ihm niemand, der ihn kennt, folgt. Da ist was im Busch."
Aber warum fährt er dann weg vom See und vom Wald, dachte Völkel. Warum soll das, was er vorhat, nicht da passieren, wo alles andere auch passiert ist? Für einen Moment kamen ihm Zweifel. Verdammt, warum lief die Sache nicht so, wie er es vermutet hatte? Ach was, er durfte nicht ungeduldig werden, alles konnte er eben nicht voraussehen. Er war pensionierter Kripobeamter und kein Hellseher.

Er war jetzt raus aus Leipzig, die Wegweiser wurden seltener, aber er musste noch auf Kurs sein, denn Hinweise zum Abbiegen hatte er nicht gesehen. Also folgte er weiter der B 2. Das Handy hatte er wieder auf den Beifahrersitz gelegt, denn Seiler schwieg seit einiger Zeit. Eine Freisprechanlage wäre jetzt gut, dachte Völkel, aber warum hätte er sich eine anschaffen sollen? Es war das erste Mal, dass er eine brauchen konnte.
Er kam an Krostitz vorbei, es war ein kleiner Ort.
„Ich bin jetzt fast in Bad Düben", erklärte Seiler zwischendurch, „bald müssten Sie mir entgegenkommen."
Es stimmte. Genau in dem Moment entdeckte Völkel nämlich ein Hinweisschild mit diesem Namen.
Ein Trecker fuhr vor ihm her, der ihn für ein, zwei Minuten aufhielt, aber an der nächsten Kreuzung abbog. Völkel konnte wieder Gas geben.
„Oh", rief Seiler plötzlich, „wir kommen uns doch nicht entgegen. Er biegt ab nach Bad Düben."
„Dann läuft die Geschichte, die er vorhat, also dort."
„Sieht so aus."
Aber was hat dieser Ort mit dem See zu tun, mit Nölthing und dem Mord an ihm? Wieder kamen Völkel Zweifel.
„Der fährt jetzt direkt ins Zentrum von Bad Düben", erklärte Seiler. „Kommen Sie auch dahin."
Völkel las auf einem Verkehrsschild, dass er noch 10 Kilometer vor sich hatte. Verdammt, hoffentlich kam er nicht zu spät. Sie mussten zwei Zeugen haben, um alles

belegen zu können, was Knapp tat. Knapp, dieser angeblich ach so soziale Typ, dem es einzig um das Gemeinwohl ging.

Endlich sah er das Ausfahrtschild und bog ab.

„Wo sind Sie?", rief er so laut, dass Seiler es durch das Handy hören musste.

„Im Stadtkern, ganz in der Nähe der Kirche. Sie müssten sie sehen, wenn sie in den Ort einfahren."

Völkel sah die Kirchturmspitze, er musste ein paar Mal abbiegen, dann war er da.

„Wo sind Sie?"

Ein Lachen ertönte. „Drei Autos vor Ihnen, ich habe Sie schon kommen sehen."

„Und wo ist Knapp?"

„Der ist gerade in die Bäckerei schräg gegenüber der Kirche gegangen. Seinen Wagen hat er in der Nähe abgestellt. Wenn Sie genau hinschauen, sehen Sie den blauen Ford."

Völkel entdeckte ihn.

„Ist er schon lange in der Bäckerei?"

„Geht so. Er hat vor allem erst mal eine Zeitlang in seinem Auto gewartet. So, als müsste er sich erst mal darüber klar werden, ob er überhaupt aussteigen will."

„Komisch." Völkel zögerte einen Augenblick, bevor er fortfuhr. „Wenn Knapp aus dem Laden kommt, folgen wir ihm. Aber nicht zu nah und jeder für sich. Mal sehen, was das zu bedeuten hat."

Tatsächlich trat Knapp kurz darauf aus der Bäckerei mit einem Kuchentablett in der Hand.
Scheiße. Völkel wusste nicht, ob er das nur gedacht oder laut gerufen hatte. Seiler schwieg.
Knapp ging jetzt an der Kirche vorbei auf eine kleine Straße zu.
„Los, hinterher!“, rief Völkel und war schon aus dem Wagen gesprungen. Seiler vor ihm ebenso. Sie folgten Knapp, der dreißig, vierzig Meter vor Seiler herlief, Völkel folgte mit ein paar Metern Abstand. Plötzlich merkte Völkel, dass eine Frau auf Knapp zukam. Sie lachte ihn an, nahm ihm das Tablett aus der Hand und drückte ihn vorsichtig. Sie hatte kurze, schwarze Haare und war auch sonst schwarz gekleidet. Eine schicke Frau, Völkel hätte sich garantiert nach ihr umgedreht, wenn sie an ihm vorbeigegangen wäre.
Moment mal, dachte er, die kenne ich doch. Aber das war Quatsch, schoss es ihm im nächsten Moment durch den Kopf. Er war noch nie in Bad Düben gewesen, woher sollte er eine Frau kennen, die hier wohnte? Dann fiel es ihm ein. Richtig, die Frau, die bei der Bürgerversammlung schräg hinter Knapp gesessen hatte! Tatsächlich, sie war es. Die Frau hakte sich bei ihm ein, gemeinsam gingen sie auf ein Hotel zu.
Völkel blieb stehen. Als Seiler sich nach ihm umdrehte, winkte er ihm zu.

Kommen Sie, sollte das heißen, lassen wir die beiden laufen. Mit unserem Fall hat das garantiert nichts zu tun.
Kurze Zeit später stand Seiler vor ihm. Er sagte nichts.
„Haben Sie die Frau erkannt?“, fragte Völkel.
„Nicht direkt, aber sie kommt mir bekannt vor.“
„Sie war auch bei der Bürgerversammlung, es ist eine aus dem Dorf.“
„Nicht schlecht, so ein Liebesnachmittag mit Kaffee und Kuchen“, sagte Seiler. „Bleibt allerdings eine Frage.“
„Und die wäre?“
„Ob es den Kuchen vorher oder nachher gibt.“
Sie lachten laut und anhaltend. Es war der Versuch, die Anspannung der letzten Stunden und vor allem ihren Frust loszuwerden. So ganz, merkte Völkel, als er sich wieder eingekriegt hatte, gelang es ihm aber nicht. Der Frust saß tief.
Er sah, dass es in der Bäckerei ein paar Tische gab, an denen man sitzen und eine Tasse Kaffee trinken konnte.
Wenig später saßen sie da. Völkel bestellte nicht Kuchen, sondern ein Schinkenbrötchen. Sein Hunger, merkte er, war fast genauso groß wie sein Frust. Seiler ließ es bei einer Tasse Kaffee bewenden. Genau in dem Moment, als Kaffee und Brötchen von der Bedienung gebracht wurden, schoss es Völkel durch den Kopf. Alles Quatsch, was sie hier machten, alles Unsinn! Die

kindliche Freude darüber, ein Liebespaar erwischt zu haben, die dümmlichen Witzchen hatten ihn abgelenkt. Während sie hier ihren Frust verarbeiteten, machte sich der Täter vielleicht gerade auf den Weg!

„Der Junge!“, rief er. „Mein Gott, wir müssen den Jungen beobachten! Wir dürfen hier nicht tatenlos rumsitzen! Was ist, wenn er gerade jetzt zuschlägt?“

Seiler sah ihn erschrocken an.

„Sie meinen Nölthing?“

Völkel nickte heftig, sprang auf, lief zur Theke hinüber und warf einen Zehneuroschein auf die Theke.

„Stimmt so!“, rief er und zog Seiler mit sich.

„Lassen Sie uns mit Ihrem Auto fahren. Wir müssen jetzt zusammenbleiben.“

Kurz darauf waren sie wieder unterwegs auf der B 2, diesmal in Richtung Leipzig.

## 21.

Jetzt noch dieses blöde Weib, jetzt nur noch sie, dann war alles wieder gut. Dann war seine Sache endgültig gerettet und er konnte aufatmen. Sie hätte schon lange weggemusst, dieses Weib, gleich nach ihm, nach seinem Vater, der nie ein wirklicher Vater gewesen war. Aber das war nicht gegangen, weil sich der andere eingemischt hatte, obwohl er gar nichts mit der Sache zu tun gehabt hatte. Es war einzig eine Sache zwischen ihm und seinem Vater gewesen. Warum musste er sich da einmischen? Warum hatte er plötzlich den dummen Gedanken gehabt, die Sache könnte auch eine Chance für ihn sein? Dass er das, was einzig ihm gehörte, sich selber unter den Nagel reißen könnte? Dumm war diese Einmischung gewesen, nein, nicht einfach dumm, sondern ein tödlicher Fehler. Ob er das kapiert hatte im letzten Moment, als ihn die Kugel traf? Ach was, er schüttelte den Kopf. Und wenn auch, was spielte das für eine Rolle? Dieser Typ konnte nicht ernsthaft geglaubt haben, dass er ihm die Sache, nachdem er, ja, er, sie begonnen hatte, einfach so aus der Hand nehmen und für seine Zwecke nutzen konnte. Nein, wenn er nur ein bisschen Verstand gehabt hätte, hätte er wissen müssen, dass das nicht möglich war. Und doch hatte er diesen Versuch unternommen, dieser Dummkopf.

Aber jetzt war das erledigt. Er hatte bezahlt dafür und bekommen, was er verdient hatte. Aber dadurch war diese blöde Verzögerung eingetreten. Dadurch war das, was viel früher hätte geschehen müssen, noch immer nicht passiert. Doch das würde sich jetzt ändern. Es war längst höchste Zeit dafür, er musste sich beeilen, das wusste er. Und wenn es ausgeführt war, wäre der letzte Schritt getan und es würde keine Spur mehr geben, die zu ihm führte. Sie würden ihn vielleicht verdächtigen, das konnten sie ruhig tun, aber sie würden ihm nichts nachweisen können. Davon war er überzeugt.

Sie hatte sich versteckt, dass hatte er inzwischen rausgefunden. Niemand schien zu wissen, wo sie war. Auch die Polizei nicht. Das gab ihm die Chance, die Sache doch noch in seinem Sinne zu erledigen.
Er hatte überlegt, wie er ihr Versteck rausfinden könnte. Er hatte zwischendurch sogar daran gedacht, im Dorf rumzufragen. Aber das wäre natürlich Blödsinn gewesen. Viel zu auffällig, sie hätten sich nach der Tat daran erinnert und es wäre leicht gewesen, ihn zu überführen. Aber nicht nur das, nutzlos wäre es außerdem gewesen. Wenn die Polizei das Versteck nicht rausbekam, wie sollte er das dann schaffen? Noch dazu, wenn er heimlich rumgefragt hätte, ohne konkret zu wissen, wen er ansprechen konnte und wen nicht. Nein, so wäre die Sache niemals gelaufen.
Aber dann war ihm die Idee gekommen. Ja, er glaubte zu wissen, wo sich dieses Drecksweib befand. Wenn er sich nicht sehr irrte, kannte er nämlich ihr Versteck und hatte es sogar schon einmal gesehen. Sein Vater hatte ihm den Ort gezeigt, ausgerechnet sein Vater. Aber nicht, um ihn in ein Geheimnis seines Lebens einzuweihen, das wirklich nicht. Um ihn an seinen Geheimnissen teilnehmen zu lassen, war er seinem Vater nicht wichtig genug gewesen. Niemals hatte sein Vater ihm eine Rolle in seinem Leben zugewiesen. Nein, im Gegenteil, sein Vater hatte angeben wollen vor ihm. Allein deshalb hatte er ihm den Ort gezeigt.

Guck, hier, das ist meine Liebeslaube! Hier treffe ich mich mit einem hübschen, jungen Mädchen. So hübsch und so jung, wie du niemals eine erobern wirst, du elender Versager. Das war es, was er ihm mitteilen wollte. Ja, er konnte sich genau an das stolze Grinsen seines Vaters erinnern. Besitzerstolz, wie er auf alles stolz war, was ihm gehörte. Dort hatte er sich viele Male heimlich mit diesem hinterhältigen Weib getroffen. Später dann, so hatte er gehört, hatte er sich offen mit ihr getroffen, ist mit ihr auf dem Boot auf dem See rumgeschippert und hat sie wie eine Trophäe ausgestellt. Seht her, ich allein darf auf dem See fahren. Und schaut mal, was für ein Boot ich habe und wer außer mir darauf ist. Ja, stellt euch ruhig vor, was wir gleich unter Deck, in der Kajüte, anstellen werden. Wer kann sich was Besseres erlauben als ich? Genau das war es, was sein Vater demonstrieren wollte, ihm zuerst, dann allen anderen.

Ja, hinterhältig war dieses Weib, denn es war doch klar, warum sich ein so junges Mädchen mit so einem alten Sack einlässt. Sie wollte was von ihm. Sie wollte ihn um den Finger wickeln und dann ausnehmen wie eine Weihnachtsgans. Und genau das wäre auch passiert, ausgerechnet sein Vater hatte es ihm erzählt. Sein Stolz auf die tolle Eroberung hatte ihn gar nicht merken lassen, was er damit bei ihm, seinem Sohn, auslöste. Nein, das war ihm völlig entgangen. Die Raffinesse des Mädchens und die Gefahr, in die er sich begab, indem

er seinem Sohn all seine Pläne mitteilte. Das heißt, mitteilen konnte man das nicht nennen. Angemeckert hatte er ihn und vor allem ausgelacht.
Zuerst hatte alles noch harmlos angefangen. Sein Vater hatte ihn zwar nicht in sein Wochenendhaus geführt, das er da an dem See bewohnte, umgeben von einem hohen Zaun. Aber das hatte er auch nicht erwartet. Zuviel Intimität zwischen ihnen beiden wäre ihm selber unangenehm gewesen. Er hatte geglaubt, dass sie es draußen führen könnten, kurz und bündig, auf irgendwelchen Gartenmöbeln sitzend. Vater und Sohn im Gespräch, wie sie es so gut wie nie gemacht hatten. Lächerlich hatte er die Vorstellung empfunden, aber egal, sein Vater hatte auf dem Gespräch bestanden.
Um so überraschter war er gewesen, als ihn sein Vater in das Bootshaus führte, das viel zu klein für seinen Superkahn gewesen war, der vierzig, fünfzig Meter vom Ufer entfernt auf dem See dümpelte. Ein kleiner Wald reichte an dieser Stelle bis nahe ans Wasser, so dass er das Bootshaus hinter den Bäumen zuerst gar nicht bemerkt hatte.
Was soll ich denn in diesem Bootshaus, hatte er sich gefragt, aber die Antwort hatte nicht lange auf sich warten lassen. Sein Vater hatte ihn zu einer Tür geführt, die er gar nicht bemerkt hatte.
„Hier, guck mal“, hatte er schmunzelnd gesagt und die Tür geöffnet.

Ihm war fast die Kinnlade runtergefallen, so überrascht war er von dem Anblick gewesen. Es war ein kleines Liebesnest, das sich vor ihm auftat. Ein breites Bett stand darin, so breit, dass es fast den gesamten Raum ausfüllte. Eine Kleiderablage befand sich gleich rechts hinter der Tür. Davor stand ein Fernseher, so dass man vom Bett aus Filme sehen konnte.
Der ganze Raum war in einem hellen Blau gehalten. Bett und Bettwäsche, die Tapete an der Wand und auch die Gardinen vor dem kleinen Fenster, das zum Wäldchen hin den Blick freigab, alles war in hellem Blau gehalten.
„Na, was sagst du?"
Seinem breiten Grinsen, der weit ausholenden Geste war der ganze Stolz seines Vaters anzumerken.
Nichts hatte er geantwortet, gar nichts. Was hätte er auch sagen sollen zu diesem Raum und dem lächerlichen Stolz seines Vaters? Hätte er fragen sollen, wen er hier vögelt, sich vielleicht sogar nach den Maßen der Damen erkundigen? Denn der Zweck dieses Raumes war ihm sofort klargeworden. Aber Fragen waren gar nicht nötig gewesen, denn sein Vater hatte ihm stolz ein Foto präsentiert, das auf dem Fensterbrett stand. Zuerst hatte er gar nicht kapiert, was das für ein Mädchen sein sollte, das darauf abgebildet war. So jung war sie, dass sie seine Tochter sein könnte. Eine sehr viel jüngere Schwester von ihm.
„Ja, da staunst du, was?"

In der Tat, er hatte gestaunt. Gestaunt über die Kindlichkeit dieses ansonsten knallharten Mannes, der ihm stolz seine Eroberung präsentierte.
„So eine wirst du nie kriegen!" Er hatte in die Hände geklatscht. „Einfach, weil du eine Niete bist, impotent in jeder Hinsicht." Laut, fast brüllend hatte er dazu gelacht, als hätte er einen Witz gemacht. „Nichts kriegst du auf die Reihe, du Schlappschwanz, gar nichts. Du Muttersöhnchen, denn von mir hast du das nicht. Du siehst ja, was ich alles auf die Beine stelle, im Gegensatz zu dir. Durch drei Internate musste ich dich schleusen, jedes teurer als das vorige, bis du es endlich zum Abi gebracht hast. Mit Hängen und Würgen. Und wie lange dauert schon dein Studium? Hast du die stolze Zahl von fünfundzwanzig Semestern schon erreicht? Deine Silberhochzeit mit der Uni sozusagen?"
Wieder hatte er laut gelacht. Und spätestens da hatte er den Gedanken gehabt, dass es so nicht weitergehen dürfe. Irgendwas musste geschehen, dass ihn befreite von diesen Beschimpfungen, von dieser Verachtung durch den eigenen Vater. Es war zuerst ein vager Gedanke gewesen, fast ein Gefühl, das aber immer mehr von ihm Besitz ergriff, je länger sein Vater fortfuhr.
„Weißt du, diese Kleine hier, die macht dich fertig, so schnell kannst du gar nicht gucken." Dabei hatte er ihm das Foto unter die Nase gehalten. „Die weiß nämlich, was sie will. Die ist zielstrebig, ja, die könnte meine …"
Sein Vater hatte abrupt innegehalten, weil ihm plötz-

lich klar geworden war, was ihm da beinahe rausgerutscht wäre.

„Sprich es ruhig aus“, hatte er in dem Moment laut gerufen, „nun sag ruhig, was du sagen willst, denn so ist es ja auch. Ein kleiner Inzest, genau das ist es, wovor du nicht zurückschreckst. Nicht im juristischen Sinne natürlich, nein, da ist alles in Ordnung, aber im Wortsinne. Ein alter Mann mit einem Mädchen, das beinahe seine Enkeltochter sein könnte. Und das Tollste ist, dass du das selber so siehst und beinahe ausgesprochen hättest.“

Jetzt war er es gewesen, der laut gelacht hatte.

Seinen Vater hatte in diesem Moment eine unbändige Wut erfasst. Einen Fehler zu machen, noch dazu vor seinem Sohn, den er verachtete, war zu viel für ihn gewesen. Sein Mund hatte sich verzerrt, seine Augen waren weit aufgerissen, tief holte er Luft, dann bollerte er los.

„Halt's Maul, du Versager!“, hatte er geschrien. „Wer gibt dir das Recht, über diese Frau zu urteilen? Die kriegt was hintereinander in ihrem Studium, im Gegensatz zu dir. Schon seit Jahren bringst du nichts zustande an der Uni. Was bildest du dir eigentlich ein, so über sie zu urteilen? Glaubst du, du wärst was Besseres? Glaubst du, dass du dich auf dem Geld deiner Mutter, das sie von mir hat, nur von mir, ausruhen kannst? Worauf sonst ist deine Überheblichkeit gegründet außer auf der Leistung deines Vaters?“

Er hatte dabei den Kopf weit vorgereckt und war ihm fast ins Gesicht gekrochen

„Aber damit ist jetzt Schluss, das sage ich dir. Von mir wirst du nichts erben, rein gar nichts. Glaubst du, ich habe mich mein Leben lang gequält, damit meine Leistung am Ende durch einen Versager verschleudert wird?"

Sein Vater schüttelte heftig den Kopf.

„Ja, die Kleine, die ist es wert! Die hat es verdient, dass ich ihr mein Vermögen vermache. Aber du, du wirst nichts von mir kriegen, das verspreche ich dir."

Einen Moment lang hatte er geglaubt, sein Vater hätte das alles nur gerufen, weil er ihn vorher provoziert hatte. Aber dann war ihm klar geworden, dass seine Provokation gar nichts damit zu tun hatte. Sein Vater hatte ihn längst enterben wollen und wollte es ihm nur mitteilen. Das war der eigentliche Anlass für das Gespräch gewesen. Das Vorzeigen des Liebesnestes im Bootshaus, der Stolz auf seine blutjunge Eroberung, das alles war nur Beiwerk gewesen.

„Ich werde mein Testament ändern. Du bist raus, mein Lieber, ich lasse dich streichen. Sie wird alles erben, dafür garantiert sie mir einen schönen Lebensabend, während ich mit dir immer nur Ärger hatte."

Sein Vater hatte die letzten Worte langsam gesprochen und dabei jedes Wort betont. Er wollte sein Erschrecken genießen, seine Betroffenheit. Aber richtig gelungen war ihm das nicht. Nein, Betroffenheit hatte er nicht hervorgerufen, dieser Angebervater, aber etwas anderes bewirkt. Nämlich, dass sein vages Gefühl immer konkretere Formen annahm und sich schließlich zu einem Plan verfestigte.

So einfach kommst du mir nicht davon, hatte er gedacht. So einfach, wie du dir das vorstellst, lasse ich mich nicht abservieren. Das wird Folgen haben, für die einzig du verantwortlich bist. Als erster wirst du bezahlen, danach ist sie dran, denn sie hat dich dazu gebracht, so zu handeln. Deshalb muss sie auch die Folgen tragen.

Ja, in dem Moment hatte er den Plan gefasst. Ein Gewehr zu besorgen war nicht schwierig, am Leipziger Bahnhof hatte er rumgefragt. Und Schießen hatte er schon während der Schulzeit gelernt. In einem der Internate war Schießen als Arbeitsgemeinschaft angeboten worden, zur Steigerung der Konzentration. Damals hatte er das für Unsinn gehalten, aber trotzdem mitgemacht, weil seine Freunde es auch getan hatten. Jetzt wusste er, wie nützlich es war.

Er hatte sich umgedreht und war gegangen. Auf das, was sein Vater ihm nachrief, hatte er nicht mehr gehört.

Red du nur, hatte er gedacht, meine Antwort wirst du bald erfahren. Aber sie wird völlig anders ausfallen, als du es erwartest.

Den ersten Schritt hatte er inzwischen getan. Jetzt noch das Mädchen, dachte er. Jetzt noch sie. Es war ja möglich, dass sein Vater das Testament schon aufgesetzt hatte.

## 22.

Völkel fand, dass Seiler zu langsam fuhr. Es müsste schneller gehen, dachte er, viel schneller, denn sie hatten keine Sekunde zu verlieren. Vielleicht war es sogar schon zu spät, weil diese dumme Fehlspur mit Knapp sie aufgehalten hatte. Isabel hatte sich versteckt, sie wusste, dass die Sache noch nicht ausgestanden war. Er nickte, als er seinen eigenen Gedankengang noch mal durchging. Aber dann hatte er irgendwie falsch geschaltet. Nicht bei den Dörflern hätten sie weitersuchen müssen, sondern gleich im Umfeld von Nölthing! Wieso war ihm dieser Fehler unterlaufen? Er kam nicht dazu, einen klaren Gedanken zu fassen, weil Seiler jetzt waghalsig überholte. Ein Wagen schoss auf der Gegenfahrbahn auf sie zu, gleichzeitig bremste der Wagen, den Seiler überholen wollte, kein bisschen ab. Um Gottes Willen, hoffentlich reichte der Abstand noch! Brems, dachte Völkel im nächsten Moment, brech den Versuch sofort ab. Aber Seiler brach nicht ab, sondern gab weiter Gas. Stückchen für Stückchen schob sich ihr Wagen an dem auf ihrer Spur vorbei, im letzten Moment konnte Seiler einscheren. Der entgegenkommende Wagen schoss an ihnen vorbei. Seiler wischte sich über die Stirn, Völkel starrte fassungslos nach vorn.

Mein Gott, das hätte mein Ende sein können, dachte er. Eben noch hatte er gedacht, dass sie zu langsam waren, und im nächsten Moment hätte sie ihre Geschwindigkeit beinahe umgebracht. Egal, es war ja noch mal gutgegangen. Richtig, musste er plötzlich denken, die Dörfler selbst waren es gewesen, die ihn von den richtigen Schlussfolgerungen abgebracht hatten. Sie waren es doch, die selber glaubten, dass der Mörder aus ihren Reihen stammte. Dass einer die Dreckarbeit gemacht und Nölthing für das bestraft hätte, was er ihnen angetan hatte. Aber sie hatten nur eine Vermutung gehabt, in Wirklichkeit aber nichts begriffen. Auch Isabel war sich lange Zeit nicht sicher gewesen. Wenn es einer aus dem Dorf war, würde jeder Hinweis von ihr an die Polizei ihren Vater isolieren, und zwar endgültig. Dann könnte er nur noch versuchen, das Hotel zu verkaufen und abzuhauen.

Aber das kann sie nur kurze Zeit geglaubt haben. Schon ziemlich früh muss ein zweiter Verdacht in ihr gebohrt haben. Weshalb sonst hatte sie ihm am ersten Abend vor seinem Zimmer aufgelauert? Sie wollte ihm diesen Verdacht mitteilen, weil er nichts mit den Leuten im Dorf zu tun hatte und sie hoffen konnte, dass es für ihren Vater keine bösen Folgen hätte. Aber im letzten Moment hatte sie der Mut verlassen. Und beim zweiten Versuch, als sie wieder nachts im Hotel unter-

wegs war, wollte sie darüber mit ihrem Vater sprechen, aber da war er ihr in die Quere gekommen.
Sie muss verzweifelt sein, dachte Völkel, denn das Versteck war ja keine Lösung. Ewig konnte sie dort nicht bleiben, aber wenn sie sich raustraute und der Mörder zuschlug oder, schlimmer noch, wenn er ihr Versteck inzwischen kannte …
Mein Gott, dieser Raimund Nölthing, dachte Völkel, was war da zwischen ihm und seinem Vater passiert? War es wirklich nur dessen schroffe Art, seine Interessen durchzusetzen, selbst wenn es um den eigenen Sohn ging? Und was hatte Reiter damit zu tun? So ganz, merkte er, hatte er die Sache noch immer nicht verstanden.
Eine Zeitlang fuhren sie an Feldern entlang, Völkel zwang sich, aus dem Fenster zu sehen, um die Ruhe zu bewahren. Aber es gelang ihm nicht, immer wieder zuckte sein Bein, als müsse er selber Gas geben. Langsam, viel zu langsam näherten sie sich Leipzig.
Plötzlich kam ihnen ein schwarzer Sportwagen entgegen. Ein BMW vermutlich, so genau kannte sich Völkel nicht aus. Normalerweise würde er so ein Auto gar nicht beachten, aber diesmal war es anders.
Moment mal! Wie ein Blitz durchzuckte es ihn. Ein schwarzer Sportwagen, was hatte der mit ihrem Fall zu tun? Und dann verstand er es plötzlich. Der schwarze Sportwagen, den er bei seinem Spaziergang im Wald entdeckt hatte, noch vor dem zweiten Mord, und den er

nicht weiter beachtet hatte. Und genau so ein Wagen hatte auch in Nölthings Straße in Leipzig gestanden.
Der Wagen schoss an ihnen vorbei, er konnte nur noch sehen, dass ein junger Mann am Steuer saß, aber dessen Gesichtszüge nicht erkennen.
„Drehen Sie!“, schrie er. „Fahren Sie sofort zurück. Wir müssen hinter dem BMW her.“
Seiler ging nicht sofort runter vom Gas, sondern blickte ihn nur ratlos an.
„Drehen? Warum soll ich drehen?“
„Tun Sie es, verdammt noch mal! Beeilen Sie sich. Ich erkläre Ihnen gleich alles.“
Seiler brauchte noch zwei, drei Sekunden, bevor er Völkels Anweisung folgte, dann aber tat er es schnell. Trotz durchgezogener Linie wendete er auf der Landstraße. Ein Wagen näherte sich und musste scharf abbremsen, weil Seiler nicht schnell genug an Geschwindigkeit gewann. Wütend betätigte der Fahrer die Lichthupe.
„Der schwarze Sportwagen“, rief Völkel und zeigte nach vorn, „es ist der schwarze Sportwagen, der drei, vier Autos vor uns sein müsste.“
„Was denn für ein Sportwagen? Ich verstehe nicht, was Sie meinen. Wieso sollen wir plötzlich nicht mehr zu Nölthing fahren?“
„Der da vor uns, das ist Nölthing“, rief Völkel noch immer viel zu laut, weil ihn die Erregung gepackt hatte. „Mein Gott, ich hätte das schon vorher wissen müs-

sen. Ganz nah dran war ich an der Lösung, aber ich habe in Schablonen gedacht und deshalb nichts kapiert. Das Auto eines Studenten, da denkt doch jeder an eine Rostbeule, an eine Karre aus dritter oder vierter Hand, stimmt doch, oder?“

„Ich verstehe immer noch kein Wort.“ Seiler setzte zum Überholen an und kam an dem vor ihnen fahrenden Lastwagen vorbei. Der schwarze Sportwagen war noch nicht zu sehen.

„Als ich Nölthing observierte, habe ich mir auch die Autos in der Straße angeguckt. Ich habe mich gefragt, welches von denen, die dort parkten, Nölthing gehören könnte. Dass es der Sportwagen sein würde, den ihm wahrscheinlich seine Mutter finanziert hatte, darauf bin ich nicht gekommen. Aber wenn ich drauf gekommen wäre, hätte ich schon vorher gewusst, wie alles gelaufen ist. Mein Gott, was war ich blind.“

Seiler sah ihn fragend an, Völkel bemerkte es.

„Als ich vor der Befragung von Sarah Boskamp durch den Wald gelaufen bin, habe ich am Waldrand einen schwarzen Sportwagen gesehen. Gut getarnt stand er im Schatten der Bäume. Ich habe dem keine Bedeutung beigemessen, hab mich nicht gefragt, wer das wohl sein könnte, sondern meine Vorurteile gegen Fahrer solcher Wagen gepflegt. Angeberauto oder irgend so was ist mir in den Sinn gekommen. Mensch, hätte ich doch nachgedacht, auf jeden Fall später, als ich vor Nölthings Wohnung gewartet habe. Der Sportwagen, den

ich an beiden Stellen gesehen habe, war ein und derselbe. Er gehört Nölthing. Der ist es, der da vor uns herfährt. Und ganz sicher ist auch, dass er was vorhat."
Seiler nickte. „Und im Wald, was hat er da zu suchen gehabt zu dem Zeitpunkt, als Sie dort spazieren gegangen sind?"
„Da hat er den zweiten Mord vorbereitet, den an Reiter. Mensch, wenn ich nach dem Fahrer gesucht hätte, wenn ich nur ein bisschen neugieriger gewesen wäre, hätte ich den vielleicht verhindern können."
„Unwahrscheinlich", brummte Seiler. „Nur weil da jemand seinen Sportwagen parkt, muss ja kein Mord geschehen. Darauf kann gar keiner kommen." Er sah Völkel an und lächelte. „Selbst Sie nicht."
Völkel konnte trotz der Anspannung ebenfalls ein Grinsen nicht unterdrücken. „Kann schon sein. Aber einen dritten Mord, nein, den darf es jetzt wirklich nicht mehr geben. Auf keinen Fall darf es das, sonst würde ich das Gefühl nicht los, dass …"
Seiler überholte einen Pkw, zwei Autos vor ihnen tauchte der Sportwagen auf. So sehr Völkel sich auch bemühte, er konnte nicht erkennen, wer am Steuer saß.
„Wir dürfen ihn nicht verlieren", sagte er. „Wir müssen dranbleiben, egal wie."
Seiler versuchte einen erneuten Überholvorgang, brach aber ab, weil sich mit hoher Geschwindigkeit ein Wagen näherte. Für einen Moment gab es danach eine Lücke, aber Seiler schaltete zu spät. Bevor er Gas ge-

ben konnte, kam ihnen schon der nächste Wagen entgegen. Der Fahrer des Sportwagens dagegen nutzte die Chance. Nicht nur an einem Auto, sondern gleich an zweien fuhr er vorbei. Mist, jetzt waren sie wieder so weit von ihm entfernt wie am Anfang. Völkel dachte das nur, sagte es aber nicht. Seiler schien seine Gedanken zu erraten.

„Tut mir leid, mein Passat hat nicht so viele PS."

Sie konnten den Sportwagen jetzt nicht mehr sehen. Hatte er noch einen Wagen überholt oder sogar zwei? Wie weit vor ihnen war er inzwischen?

Herr Gott noch mal! Völkel ballte seine Hände zu Fäusten. Warum musste der Typ so ein Tempo anschlagen? Hatte er sie etwa bemerkt? Hatte er im Rückspiegel gesehen, wie ein Wagen auf der Strecke gewendet hatte, und sich seinen Reim darauf gemacht?

Einen Moment lang hatte er diese Befürchtung, verwarf den Gedanken aber. Nein, das konnte nicht sein. Zu weit waren sie bei ihrem Wendemanöver von ihm entfernt gewesen, als dass er sie noch bemerken konnte. Der Typ fuhr einfach so schnell, weil der Wagen das hergab. Weshalb sonst kauften sich Leute wie er so ein Auto?

Völkel versuchte, sich zu beruhigen, indem er sich über Nölthings Ziel klar wurde. Der fährt zum See oder zum Wald oder zu irgendeinem Haus im Dorf. Nein, direkt im Dorf dürfte Isabels Versteck nicht liegen, fiel ihm dann ein. Viel zu leicht wäre es aufzuspüren von der

Polizei, aber auch vom Mörder. Und der wiederum könnte seine Tat dort nicht ausführen. Jeder, der im Dorf rumschlich, musste damit rechnen, entdeckt zu werden. Wenn es also Nölthing war, der da in der beginnenden Dämmerung vor ihnen herfuhr, hatte er ein anderes Ziel. Eines am Wald oder am See, Völkel war sich plötzlich sicher.

Trotzdem, sie durften ihn nicht aus den Augen verlieren. Das Gelände war groß, es war leicht möglich, ungesehen seine Tat zu verüben, die Spuren zu verwischen und schnell zu verschwinden. Wie sollten sie ihm die Tat dann nachweisen? Kein Alibi für die Tatzeit zu haben würde nicht ausreichen. Und garantiert würde irgendwer bei einer Vorlesung an der Uni es für möglich halten, Nölthing gesehen zu haben.

In einer Kurve glaubte Völkel, den Sportwagen weit vor ihnen zu sehen. Es waren jetzt sechs, sieben Autos dazwischen. Aber in der nächsten Kurve war nichts mehr von ihm zu sehen.

„Der ist weg", rief Seiler, „verdammt, wir haben ihn verloren."

Völkel antwortete nichts.

„Sind Sie auch sicher, dass es wirklich Raimund Nölthing ist, dem wir folgen?"

„Ja, bin ich. Er fährt zum See", fügte er hinzu, um der Resignation vorzubeugen, „dort oder im Wald will er seinen letzten Mord verüben. Er kann ruhig früher dort sein, nur dürfen wir nicht sehr viel später ankommen."

Seiler nickte. „Sollen wir nicht Verstärkung holen?", fragte er. „Eine, vielleicht sogar zwei Streifenbesatzungen aus Wittenberg, die mit uns das Gelände absuchen? Der Mann ist ja, wenn Ihre Vermutungen stimmen, bewaffnet."

Völkel schüttelte den Kopf. „Es kommt alles darauf an, dass er sich unbeobachtet fühlt. Wir müssen ihn auf frischer Tat ertappen, sonst können wir ihm nichts nachweisen. Wenn Polizei aufläuft, wenn er nur einen von uns bemerkt, taucht er ab. Dann ist unser Plan hinfällig. Und wer weiß, wie er danach vorgeht. Nein, wir haben jetzt diese eine Chance und die müssen wir beide nutzen."

Seiler atmete tief durch und nickte. Ganz wohl war ihm bei der Sache nicht, merkte Völkel.

Er schaute aus dem Seitenfenster, der Blick auf die Felder lenkte ihn ab. Wo konnte Isabels Versteck sein, aus welchem Grund konnte Nölthing davon wissen? Es musste mit seinem Vater zu tun haben, dachte er. Der war die Verbindung zwischen den beiden. Aber an welchem Ort ließ sie sich festmachen? Das Haus am See konnte es nicht sein, dort würde jeder Täter sie sofort vermuten.

Mist, dass er sich die Örtlichkeiten nicht genauer angeguckt hatte. Das war ein Fehler gewesen, merkte er jetzt.

Er schaute auf die Uhr, es war kurz vor sieben. Immer wieder riss die Wolkendecke auf, aber Sonnenstrahlen brachen nicht mehr hindurch.

Langsam näherten sie sich dem See, Seiler bog von der B 2 ab und fuhr auf die Landstraße Richtung Dorf. Völkels Hoffnung, dass sie jetzt den Sportwagen sehen könnten, erfüllte sich nicht, der Vorsprung war zu groß geworden. Er musste sich das einreden, denn langsam kamen ihm selber Zweifel. Hatte er auch wirklich keinen Denkfehler begangen? Sofort erfasste ihn wieder Unruhe.

In der Ferne schimmerte die Spiegelfläche des Sees. Dort irgendwo würde sich alles entscheiden. So musste es einfach sein, er wollte sich nicht mehr von Zweifeln ablenken lassen.

„Nicht ins Dorf fahren", sagte Völkel, „fahren Sie Richtung Wald."

„Hätte ich sowieso gemacht."

Völkel vernahm einen leicht ärgerlichen Unterton. Er atmete tief durch. Es stimmte, er sollte sich etwas mehr zurückhalten mit seinen Vorschlägen. War sowieso ein Wunder, dass Seiler bisher nicht gemeckert hatte.

Sie kamen dem Wald näher, beide suchten sie angestrengt den Waldrand ab. Nichts. Kein Sportwagen, kein Spaziergänger. Weiter, dachte Völkel, wir müssen noch näher an den Wald heranfahren, irgendwo muss der Kerl doch stecken. Gleichzeitig hatte er die Sorge,

dass Nölthing, wenn er denn hier irgendwo steckte, sie sehen könnte. Aber das mussten sie riskieren.
Sie fuhren jetzt auf einer schmalen Straße parallel zum Wald. Dort drüben, zwischen Wald und angrenzendem Feld, führte ein Fußweg entlang. Während seines Spaziergangs war Völkel auch ein Stück weit dorther gekommen. Nun war auf dem Weg alles ruhig.
Verdammt, wo war der Kerl? Er durfte nicht ungestört seine Pläne ausführen. Plötzlich hatte Völkel eine Idee.
„Halten Sie da drüben am Gebüsch“, rief er, „parken Sie so, dass man den Wagen vom Wald aus nicht sehen kann.“
Seiler folgte seiner Anweisung. „Ich ahne, was Sie vorhaben.“
Völkel sah ihn überrascht an.
„Ein Täter ändert seine Strategie nicht, wenn sie erfolgreich war“, erklärte Seiler. „Ein solcher Täter wird bei der nächsten Tat alles genauso machen wie vorher.“
„Stimmt.“ Völkel nickte. „Vom Tatablauf, von der Waffe …“
„… bis hin zum Parkplatz seines Autos …“, ergänzte Seiler, „alles gleich.“
Völkel konnte ein Grinsen nicht unterdrücken. Sie begannen tatsächlich, ein Team zu werden. Kein schlechtes Ergebnis nach nur wenigen Tagen.
„Glauben Sie, Sie finden den Ort, an dem er den Wagen vor drei Tagen geparkt hat?“

Völkel nickte, obwohl er sich nicht sicher war. Aber was sollte er anderes antworten? Er musste den Platz einfach finden, anders kamen sie nicht weiter.
Seiler parkte so nah am Gebüsch, dass er Schwierigkeiten hatte, auszusteigen.
Bevor er aber ausstieg, öffnete Seiler noch das Handschuhfach seines Wagens, holte eine Pistole heraus und reichte sie Völkel.
„Für alle Fälle. Ganz ohne Waffe ist der Einsatz zu gefährlich."
Völkel zögerte. Sein Einsatz im Dortmunder Norden fiel ihm wieder ein, als ihn der bulgarische Dealer rücksichtslos niedergeknallt hatte. Im selben Moment spürte er auch, wie ihm das Atmen schwerer fiel. Um Gottes Willen, jetzt keine Panikattacke. Schnell steckte er die Waffe in seine Jackentasche, öffnete die Wagentür und stieg aus.
Jetzt mussten sie rüber zum Wald. Völkel blickte sich um. Es gab keinen Weg dorthin, der ihnen Deckung gab. Quer über das Feld rannten sie, die Erde war feucht vom letzten Regen, Ackerkrumen klebte an ihren Schuhen. Während sie liefen, versuchte Völkel, den Wald im Blick zu behalten. Nein, dort war niemand zu entdecken, der sie beobachten konnte. Endlich hatten sie den Waldrand erreicht. Links war das Dorf, also mussten sie nach rechts laufen. Völkel zeigte die Richtung an. Sie liefen los, Völkel voran, Seiler dicht hinter ihm. Nach einer Weile blieb Völkel stehen. Hier ir-

gendwo musste es gewesen sein. Er blickte sich um, ein Sportwagen war nicht zu sehen.

Er biss die Zähne zusammen. Verdammt, sollte er sich vertan haben?

„Los, weiter“, zischte er. Sie liefen ein paar Schritte, dann blieb Völkel so abrupt stehen, dass Seiler ihn anrempelte.

„Entschuldigung“, murmelte er.

Völkel hörte nicht darauf. „Da“, sagte er, „sehen Sie doch.“

Seiler beugte sich weit vor. Jetzt musste auch er den Sportwagen sehen, der dicht am Waldrand geparkt stand.

„Da ist er, wir haben ihn.“

„Noch nicht“, entgegnete Völkel, „ich sehe Nölthing nicht. Der ist schon losgegangen, aber wohin?“

Er rannte ein Stück in den Wald hinein. Jetzt kam es auf jede Sekunde an. Sie mussten ihn finden, sie mussten gleichzeitig mit ihm am Versteck von Isabel ankommen, sonst würde es eine Katastrophe geben. Es war schon dämmerig, Völkel benötigte einen Augenblick, bis sich seine Augen an das schummrige Licht gewöhnt hatten.

Da drüben war der Weg, auf den Völkel abgebogen war, fiel ihm ein, dort müsste er sein. Er rannte hinüber, aber er konnte niemanden entdecken. Gab es hier denn noch einen anderen Weg? In dem Moment fasste Seiler ihm an den Arm und zeigte auf eine Stelle direkt neben dem Weg. Tatsächlich, gut hundert Meter vor ihnen entdeckte Völkel einen schwarzen Punkt, der sich hinter einem Gebüsch befand. Gebannt starrte er hinüber. Der Punkt bewegte sich nicht, war das wirklich Nölthing?

Aber dann erkannte er ihn. Ja, es war Nölthing, der da, etwas verdeckt, hinter einem Gebüsch stand. Und auch die Absicht, weshalb er dort stand, ließ sich leicht erraten. Nölthing kontrollierte den Weg vor sich, er wollte vermeiden, dass ihn jemand sah.

Seiler zog ihn zur Seite. Verdeckt von einem Baumstamm konnten sie sehen, was Nölthing machte. Der drehte sich in diesem Moment um und schaute in ihre Richtung. Völkel zog nicht nur den Kopf zurück, sondern unwillkürlich auch seinen Bauch ein. Nichts von ihm durfte sichtbar sein. Eine Zeitlang verharrten Seiler und er bewegungslos hinter dem Baumstamm, dann war es Seiler, der zuerst wieder vorsichtig in Nölthings Richtung schaute.

„Kommen Sie“, zischte er, „er ist weitergegangen.“

Jetzt war er es, der vorausging, Völkel folgte ihm im Abstand von gut einem Meter, dabei immer seinen Schatten suchend. So wenig wie möglich durften sie auffallen. Nölthing schlich, hinter Bäumen und Büschen Deckung suchend, vor ihnen her. Irgendwo da vorn musste Isabels Versteck sein. Völkel merkte, wie mit jedem Schritt, den er tat, die Anspannung stieg.

## 23.

Tagsüber hatte sich ihre Angst verloren. Sie konnte rausschauen aus ihrem Versteck, die Gegend beobachten und sehen, ob sich jemand näherte. Je öfter sie rausgeschaut hatte, je länger es ruhig geblieben war, desto weniger Angst hatte sie verspürt.

Aber mit Fortschreiten des Tages, mit Einsetzen der Dämmerung war die Angst zurückgekehrt. Schleichend zuerst, dann immer heftiger und schließlich mit voller Wucht. Nicht mehr lange und es würde dunkel sein, war ihr in den Sinn gekommen. Dann säße sie wieder in der Falle, könnte wieder die ganze Nacht lang nicht sehen, ob sich jemand näherte. Ob vor allem er sich näherte, der Mörder.

Hätte sie zur Polizei gehen sollen, hatte sie sich ein paar Mal gefragt, die Idee dann aber verworfen. Die beiden Polizisten glaubten immer noch, dass der Mörder einer aus dem Dorf war. Wie sollte sie sie von ihrer Vermutung überzeugen, die ihr beim Nachdenken über Wulfs Ermordung gekommen war? Hatte sie Beweise? Nein, keinen einzigen Beweis hatte sie. Für die Polizei wären das alles Spekulationen.

Ihrem Vater hätte sie mit ihrer Vermutung nicht kommen dürfen. Er war gegen ihre Beziehung zu Wulf gewesen, erst recht nach dem, was mit ihrer Mutter geschehen war. Er litt unter ihrem Tod. Und jetzt sollte durch ihre Liebe zu Wulf auch noch sie selbst, seine einzige Tochter, in Gefahr sein? Sie musste ihn raushalten aus der Sache, das war das einzige, was möglich war. Sonst würde er wer weiß was anstellen.

„Ich muss abhauen, Papa, für einige Zeit. Frag nicht, warum", hatte sie ihm über Handy mitgeteilt.

Normalerweise würde um diese Zeit Wulf auftauchen, er würde ein Geschenk für sie dabeihaben, irgendeine Kleinigkeit, etwas Hübsches, das er während der Woche ausgesucht hatte, und sie würden sich lieben.

Ach, Wulf, warum kommst du nicht mehr, musste sie denken. Warum hast du mich alleingelassen? Seit du nicht mehr da bist, fühle ich mich einsam. Und ich habe Angst, schreckliche Angst, wie ich sie mit dir niemals haben würde. Aber du kommst ja nicht mehr, weil dein Sohn es so gewollt hat. Ja, dein eigener Sohn. Hättest du das jemals von ihm gedacht?

Sie spürte, wie sich ihr Gesicht verzog, wie Tränen in ihre Augen stiegen, aber sie wollte nicht weinen. Nein, gerade das wollte sie nicht, weil Wulf es auch nicht gewollt hätte.

Ich tue, was du sagst, Wulf, dachte sie, ich höre noch immer auf dich.

Ja, das tat sie wirklich, aber es nutzte nichts. Sie wurde ihre Angst nicht los. Wie lange sollte sie noch hier bleiben? Noch diese Nacht, noch das ganze Wochenende? Und was wäre dann am Montag? Was hätte sich bis dahin geändert an ihrer Situation?

Er war ihr auf der Spur, das fühlte sie. Wulf hätte ihm niemals sagen dürfen, was er mit seinem Erbe plante. Aber sie hatte nicht gewagt, ihn darauf hinzuweisen, als er es ihr berichtete. Wulf hatte es gut gemeint mit ihr, immer hatte er es gut gemeint.
Aber sie hätte es tun sollen, hatte sie schon mehrfach gedacht. Vielleicht wäre dann alles noch so wie früher, als sie am Wochenende zusammen waren. Vielleicht wäre er auf die Gefahr vorbereitet gewesen und hätte aufgepasst. Dann würde er noch leben und sie wäre nicht allein hier.
Ihre Gedanken kreisten immer wieder um dieses Thema, um Wulf, um seinen Sohn, um die Gefahr, in der sie sich befand.
Vorhin war sie noch einmal draußen gewesen, hatte das Gelände abgesucht, aber nichts Verdächtiges gefunden. Dann hatte sie sich auf dem Bett ausgestreckt, einen Moment lang mit dem Gedanken gespielt, den Fernseher anzuschalten, es aber doch nicht getan. Kein verdächtiges Licht sollte sie verraten.
Jetzt stand sie wieder auf. Es hielt sie an keinem Ort, sie konnte einfach keine Entspannung finden. Sie trat ans Fenster. Die Bäume des nahe liegenden Waldes warfen einen langen Schatten. Noch konnte sie sie erkennen, gleich würden sie zu einer schwarzen Wand verschmelzen.

## 24.

Es wurde immer dunkler im Wald. Nölthing war im Schatten der Bäume immer schwerer zu erkennen. Einmal, als er sich im Profil zeigte, sah Völkel, dass er etwas in der Hand trug. Das Gewehr, dachte er, klar, das muss das Gewehr sein. Nölthing hat es griffbereit, er will auch diesen Mord mit der Waffe begehen, mit der er die beiden anderen begangen hat. Was zweimal geklappt hatte, müsste genauso ein drittes Mal laufen.
Seiler lief noch immer vor Völkel her. Es war ihm lieb so, denn seine Augen waren deutlich schlechter geworden in den letzten Jahren. Vor allem wenn es dunkel wurde, konnte er nur noch schlecht sehen.
Er hielt den Kopf gesenkt und achtete vor allem darauf, nicht in ein Loch zu treten oder auf einen Ast, dessen Knacken sie verraten könnte. Sie liefen lange durch den Wald, langsam kamen sie dem See näher. Völkel wunderte sich darüber. Wohin wollte Nölthing?
„Ich weiß jetzt, welches Ziel er hat, aber ich verstehe nicht, warum er dahin geht“, sagte Seiler.
„Und wohin will er?“ Völkel merkte beim Sprechen, wie sehr er außer Atem war.
„Er hat Richtung auf das Wochenendhaus von Nölthing genommen, auf die Datsche.“
„Und warum verstehen Sie das nicht?“

„Weil ich eine Streife angewiesen habe, dort vorbeizufahren, um nach Isabel zu suchen. Aber da war sie nicht.“
„Kann sie sich nicht versteckt haben?“
„In dem Haus? Unmöglich, meine Leute haben alles abgesucht.“
„Ja, dann …“ Jetzt verstand Völkel es auch nicht. Nölthing dagegen schien sich seiner Sache sicher zu sein, zügig ging er voran.
Wieder liefen sie eine Zeitlang hintereinander her.
„Er ist weg!“, rief Seiler plötzlich. „Er ist verschwunden. Verdammt, wo kann er bloß sein?“
Völkel drängte sich an seine Seite und starrte den Weg entlang. Aber schon nach zehn, zwanzig Metern war da nichts anderes als Dunkelheit vor ihm. Einen Moment lang standen sie ratlos nebeneinander, dann stieß Seiler Völkel an.
„Los, jetzt müssen wir rennen. Der Typ geht nicht direkt auf das Haus zu, vermute ich, sondern will sich vom See aus nähern. Wir müssen da rüber.“ Er zeigte in Richtung des Sees und rannte los. Völkel stolperte hinterher. Diesmal konnte er es nicht vermeiden, auf einen Ast zu treten. Das Knacken war deutlich zu hören.
„Psscht.“ Seiler stieß ihn an.
Ein, zwei Sekunden blieben sie stehen und lauschten, aber es war nichts zu hören. Wahrscheinlich war Nöl-

thing weit genug entfernt, um nichts von dem Knacken mitzubekommen.
„Weiter!“ Seiler rannte wieder voraus.
Völkel fühlte sich unwohl bei dem Gerenne. Er kam sich vor, als laufe er gegen eine schwarze Wand, die sich aber im letzten Moment, wie von Zauberhand bewegt, vor ihm öffnete. Bis sie sich zum letzten Mal öffnete, musste er plötzlich denken, und dann stünde Nölthing vor ihm, das Gewehr in der Hand und dann …
Er rannte weiter, von solchen Gedanken durfte er sich nicht aufhalten lassen. Nur knapp konnte er einem Baum ausweichen, der nah am Wegrand stand. Puh, er wischte sich über die Stirn. Das war noch mal gutgegangen.
Plötzlich erstarrte Seiler in seiner Bewegung, Völkel bremste ebenfalls ab, stützte sich auf dessen Schulter und schnappte nach Luft. Langsam, als könnte eine hastige Bewegung ihn verraten, hob Seiler den Arm und wies nach vorn. Völkel starrte in die Richtung und empfand plötzlich eine unglaubliche Wut. Dunkelheit, vor ihm war immer nur Dunkelheit. Warum konnte er im Alter nicht mehr gut sehen, warum musste man überhaupt alt werden und schon nach einem kurzen Lauf außer Atem geraten? Ja, auch dieser merkwürdige Gedanke kam ihm plötzlich.
Aber Seiler ließ ihm Zeit. Bewegungslos, mit ausgestrecktem Arm, stand er weiter neben ihm. Und langsam, sehr langsam hellte sich die Dunkelheit ein wenig

auf, wurden Umrisse sichtbar, verschwommen zuerst, dann immer klarer. War das ein Mensch, der da dreißig, vierzig Meter vor ihnen stand, gegen etwas Dunkles gelehnt, das vermutlich ein Baum war? Er nickte, als wollte er seine eigene Frage beantworten.
Bewegungslos stand der Schatten da. Die Stille war plötzlich übermächtig, Völkel hielt unwillkürlich den Atem an.
Nölthings Blick schien Richtung See zu gehen. Was er hatte er da ins Auge gefasst, das Boot etwa?
„Mensch, dass ich daran nicht gedacht habe.“ Seiler flüsterte es mehr zu sich als zu Völkel. „Ich kenne jetzt das Versteck. Dort links von uns ist das Haus von seinem Vater, aber darauf hat es Nölthing gar nicht abgesehen. Nein, der hat den See im Blick und da gibt es nur einen Ort, der ihn interessieren könnte.“
Völkel fragte nichts, sondern starrte nur weiter gebannt auf den Schatten neben dem Baum.
„Der will zum Bootshaus“, fuhr Seiler jetzt fort, „wir müssen da etwas übersehen haben.“
„Sie meinen, dass Isabel sich darin aufhält?“
Seiler antwortete nicht, aber als Völkel zu ihm herübersah, wirkte es so, als wenn er nickte.
Wieder vergingen einige Sekunden, bis sich der Schatten plötzlich bewegte. Seiler stieß Völkel an.
„Jetzt geht's los.“
Wieder war es Seiler, der zuerst losging. So lautlos wie möglich folgten sie Nölthing und kamen dabei bis an

den Waldrand. Der See breitete sich vor ihnen aus wie ein schwarzer Spiegel, Mondlicht schimmerte darauf. Völkel bemerkte den Schatten einer Hütte am Seeufer, tatsächlich kam es ihm so vor, als leuchtete drinnen ein schwaches Licht. Isabel, dachte er, sie ist tatsächlich hier. Kein schlechtes Versteck, aber Nölthing hatte es aus Gründen, die sie nicht kannten, trotzdem entdeckt. Nur, wo war er?

Völkel stieß Seiler an und zuckte mit den Schultern, um ihm seine Ratlosigkeit mitzuteilen. Aber der schüttelte auch nur mit dem Kopf.

In dem Moment wurde im Bootshaus eine Tür geöffnet, ein schwacher Lichtstrahl fiel hinaus und kurz danach erschien ein Schatten im Türrahmen. Isabel! Um Gottes Willen, gerade in diesem Moment wollte sie ihr Versteck verlassen, vielleicht, um frische Luft zu schnappen, vielleicht aber auch, weil sie ein Geräusch gehört hatte und nachschauen wollte. Was jetzt? Er blickte wieder hinüber zum See und sah dort im Mondlicht Nölthings Schatten, der etwas, das er in der Hand hielt, hochhob. Das Gewehr! Sah sie ihn nicht? Nein, dachte er, Nölthing stand im Schatten und ihre Augen hatten sich noch nicht ans Dunkel gewöhnt.

Wenn sie noch einen Schritt vortrat, stand sie genau in Zielrichtung. Er hielt den Atem an, dann hörte er plötzlich einen lauten Schrei. Er brauchte ein, zwei Sekunden, bis es begriff, dass er selbst es gewesen war, der geschrien hatte. Im selben Moment rannte er los.

Schießen wollte er nicht, er hatte ja selbst erlebt, wie es ist, wenn man getroffen wird. Er wollte das Mädchen retten, nur daran dachte er. Er wollte sie erreichen und zurückdrängen in ihr Versteck, bevor Nölthing schießen konnte. Ein unsinniges Unterfangen, er wusste es. Nölthing hatte das Gewehr längst in Anschlag gebracht, er musste nur noch abdrücken. Sollte Seiler auf ihn zielen, dachte er, sollte er die Sache mit Gewalt lösen. Aber Seiler schoss nicht. Seiler, hörte er an den Schritten hinter sich, war ebenfalls losgelaufen, in Richtung See. Warum setzte er ihn nicht außer Gefecht, warum wollte er ihn entwaffnen oder umstoßen? Seiler war ihm ähnlich, deshalb waren sie die ganze Zeit so gut miteinander ausgekommen. Auch jetzt suchten sie, mehr gefühlt als durchdacht, dieselbe Lösung.

Der Schrei, merkte er, hatte Isabel erstarren lassen. Bewegungslos stand sie im Türrahmen, unfähig, einen Schritt zurückzugehen und sich in Sicherheit zu bringen. Völkel rannte, so schnell er konnte, auf sie zu, gleichzeitig empfand er, dass alles, was passierte, wie in Zeitlupe ablief. Viel zu langsam kam er voran, jeden Moment konnte der Schuss fallen, der Isabel das Leben kosten würde. Und sie wären daran schuld, weil sie die Begegnung zwischen ihr und dem Mörder nicht verhindert hatten. Zeit genug dazu hätten sie bei ihrem Weg durch den Wald gehabt.

Aber es war komisch, der Schuss fiel nicht. Schritt für Schritt kam er näher an Isabel heran, die noch immer regungslos in der Tür stand, Schritt für Schritt blieb die Situation unverändert.
„In Deckung!“, schrie er. „Geh zurück!“
Aber sie tat es nicht. Sie blieb stehen, wo sie stand, als wartete sie geradezu darauf, dass Nölthing seine Mordserie an ihr vollendete. Mit einem Schwung, den er sich selber nicht zugetraut hatte, sprang er die drei Stufen zur Tür hinauf. Und genau in jenem Moment, als er Isabel erreichte und mit beiden Händen so heftig zurückstieß, dass sie ins Straucheln geriet, fiel der Schuss. Aus, dachte Völkel, aus und vorbei. Sein Plan hatte funktioniert, bis auf den letzten Moment. Aber dieser letzte Moment machte alles hinfällig, machte alles kaputt. Der Mörder hatte sie doch noch erwischt, eine unglaubliche Leere umgab ihn. Als wäre alle Kraft aus ihm gewichen, ließ er sich einfach nach vorn auf den Boden fallen, direkt neben Isabel. Aber in dem Moment, als er dort lag, spürte er, dass sie sich bewegte. Der Mörder hatte sie nicht getötet, ein Glücksgefühl durchströmte ihn.
„Bist du verletzt?“, rief er.
„Nein, bin ich nicht. Was war das gewesen, war das ein Schuss?“
Plötzlich hörte er Seilers Schreie.
„Helfen Sie mir doch, wo sind Sie?“

Seiler, Mensch, an den hatte er gar nicht gedacht. Völkel sprang auf und rannte in Richtung See. Dort sah er, dass Seiler und Nölthing in einen wilden Zweikampf verwickelt waren. Seiler versuchte, ihm das Gewehr zu entreißen, Nölthing versuchte, es auf ihn zu richten und abzudrücken. Gerade hatte er noch die Erleichterung darüber gespürt, dass es nicht zu einem weiteren Mord gekommen war, da drohte hinter seinem Rücken doch noch einer.

Wieder rannte er, so schnell er konnte, wieder hatte er das Gefühl, in Zeitlupe voranzukommen. Nölthing drückte den Gewehrlauf gefährlich nahe in Seilers Richtung, Seiler hielt dagegen, es gelang ihm auch und plötzlich merkte Völkel, dass die Mündung direkt auf ihn zeigte. Um Gottes Willen, nicht schon wieder. Er schlug einen Haken, um aus der Schusslinie zu kommen, rannte auf Nölthing zu, streckte nicht mal die Hände vor, als er sich ihm näherte, sondern rannte ihn mit voller Kraft um. Nölthing stürzte nach hinten, das Gewehr segelte durch die Luft, Nölthing lag halb im See zu ihren Füßen und Seiler stürzte sich auf ihn und begann, wie wild auf ihn einzuschlagen. Völkel starrte einen Moment lang auf dieses unwirkliche Bild und merkte, unter welch riesiger Anspannung Seiler in den letzten Minuten gestanden hatte, dann riss er ihn zurück.

„Hören Sie auf damit. Wir haben ihn doch, das reicht."

Seiler sah ihn an, als hätte er eine Stimme wie aus einer anderen Welt gehört. Erst dann forderte er über Handy eine Streife an, während Völkel das Gewehr sicherte. Ein Kontrollblick ergab, dass es geladen war.
Isabel hatte sich inzwischen so weit aufgerichtet, dass sie im Türrahmen saß und fassungslos herüberschaute.
„Was war das für ein Schuss gewesen?", fragte Völkel.
„Den hat Nölthing abgefeuert, genau in dem Moment, als ich ihm einen Schlag versetzte."
„Und wohin ist er gegangen?"
„In Ihre Richtung. Aber wie weit oder nah an Ihnen vorbei, das weiß ich …"
… nicht, dachte Völkel. Nicht getroffen, nicht verletzt, nicht ermordet worden. Erst jetzt begriff er, wie groß die Gefahr gewesen war, auch für ihn.
Er atmete tief durch, die Anspannung löste sich. Aus der Ferne hörte er die Sirene eines Streifenwagens.

## 25.

Seiler hatte Völkel am Morgen nach Bad Düben gebracht, damit er sein Auto abholen konnte, dann hatten sie sich zum Mittagessen auf die Terrasse gesetzt, Seiler, Völkel und Isabel. Homann kam immer wieder an ihren Tisch, um sie zu bedienen.
Völkel hatte sich Hirschgulasch bestellt, dazu ein Glas Weißwein. Am frühen Nachmittag wollte er nach Hau-

se fahren, bis dahin würde die Wirkung des Alkohols verflogen sein.

Das Verhör noch in der Nacht hatte ergeben, dass Nölthing seinen Vater gehasst hatte, schon seit vielen Jahren, nachdem er als Kind immer wieder um seine Liebe und Zuneigung gebuhlt hatte. Aber sein Vater hätte ihn immer nur zurückgewiesen, er hätte kein Interesse an ihm gehabt, seine Geschäfte, seine Liebschaften seien ihm wichtiger gewesen als seine Familie. Wenn er mal eine Zuwendung erlebt hätte, dann sei es ein autoritärer Anfall gewesen.

Nölthing hatte seine Erklärungen stockend, mit weinerlicher Stimme vorgetragen. Völkel hatte daran gemerkt, wie tief die Verletzung gegangen war, worüber er sich nicht gewundert hatte. Andererseits hatte ihn erstaunt, wie wenig sich dieser inzwischen fast dreißigjährige Mann von seinem Vater gelöst hatte. Sollte ihn dieser oberflächliche Typ doch kreuzweise, hätte er an seiner Stelle gedacht, aber er hatte schnell gemerkt, dass das seine Position gewesen war. Die Position dessen, der, wenigstens meistens, in einem guten Verhältnis mit seinen Kindern lebte und selber einen liebevollen Vater gehabt hatte.

Nölthings Stimme war erst fester geworden, als er ihnen von der Enterbung erzählte. Ja, sein Vater hätte vorgehabt, ihm auch noch sein Erbe vorzuenthalten. Nach diesem Satz hatte er eine Zeitlang geschwiegen und sie aus lauernden Augen angesehen. Danach hatte

Wut aus seiner Stimme gesprochen, abgrundtiefe Wut. Nicht allein die Enterbung sei es gewesen, hatte er gerufen, sondern die Begründung seines Vaters dafür. Ein Versager wäre er, einer, der nichts auf die Beine stellen könne. Da wäre dieses Mädchen, seine neue Liebschaft, ganz anders. Er hätte sie bis dahin gar nicht gekannt, aber ein Foto in seiner Liebeslaube im Bootshaus hätte sie ihm gezeigt. Ja, die wüsste, was sie erreichen wollte, die wäre zielstrebig, die würde was schaffen im Leben. Aber er, er ...

Er hatte diese letzten Worte geschrien, Speichel hatte sich in den Mundwinkeln gesammelt. Dann plötzlich war seine Stimmung noch einmal umgeschlagen, und er hatte plötzlich gegrinst. Dass die Leute hier am See seinen Vater hassten, hätte er ihm gegönnt, sagte er, und für ihn wäre das gleichzeitig eine gute Gelegenheit gewesen. Wenn ihn jetzt jemand umbrachte, wäre doch jeder auf den Gedanken gekommen, dass es einer aus dem Dorf sein musste. Bei diesen Worten hatte er wieder gegrinst, gleichzeitig aber jegliches Mitgefühl bei Völkel verloren. Anderen Leuten einen Mord unterzuschieben ließ sich mit schlechter Kindheit wirklich nicht rechtfertigen. Es konnte ja sein, dass sein Vater ihn abgelehnt hatte, dass es nie einen Vater-Sohn-Kontakt zwischen ihnen gegeben hatte, aber ähnlich war er seinem Vater schon. Nämlich in der Rücksichtslosigkeit, die eigene Schuld auf andere abzuwälzen.

Völkel hatte genickt bei diesem Gedanken. Ja, so konnte man das sehen. So weit entfernt waren die beiden gar nicht voneinander.

Der Kompagnon seines Vaters, dieser Reiter, hätte ihn erpressen wollen, erklärte Nölthing. Er sei auf dem Boot gewesen, als er auf seinen Vater geschossen hätte, und hätte ein Foto gemacht. Damit hätte dieser Kerl erreichen wollen, dass er auf jeden Anspruch an der Firma seines Vaters verzichte. Wenn er das nicht täte, würde er das Foto der Polizei übergeben. Nölthing hatte den Kopf geschüttelt bei diesem Satz. Dann wäre der Mord an seinem Vater völlig sinnlos gewesen, hatte er erklärt.

„Und Isabel, warum sollte sie sterben?", hatte Völkel gefragt, obwohl er die Antwort schon ahnte.

„Weil ich nicht weiß, ob es schon ein Testament gibt", hatte er geantwortet. „Und weil ich dann, wenn es das gibt, nur der Handlanger für dieses Mädchen gewesen wäre."

Isabel hatte sich ein Rumpsteak bestellt, genau wie Seiler.

„Das Rumpsteak schmeckt bei meinem Papa am besten", erklärte sie.

Das Hirschgulasch fand Völkel aber auch gut, vor allem, weil er nicht wusste, wo in Dortmund er so etwas bestellen konnte. Im „Freischütz" vielleicht bei Berghofen, dachte er, da könnte es Wild geben.

Sie erzählten Isabel, was Nölthing ihnen gestanden hatte. Nicht alles natürlich, aber die Dinge, zu denen sie auch Isabels Meinung hören wollten.

Nein, ob es so ein Testament schon geben würde, wusste Isabel nicht. Wulf hätte ihr zwar erzählt, dass er es aufsetzen wollte, aber ob er es schon getan hatte, wusste sie nicht. Sie hätte seinem Plan zuerst auch wenig Bedeutung beigemessen, viel zu überraschend sei der Vorschlag gekommen. Vielleicht würde er es sich wieder anders überlegen, hatte sie geglaubt und versucht, gar nicht erst darüber nachzudenken.

„Außerdem ist da ja auch noch der See“, erklärte sie. „Soll ich Besitzer dieses Sees werden und damit all die Wut der Leute im Dorf auf mich lenken?“

„Sie können ihn ja wieder für alle zugänglich machen“, warf Seiler ein und schob sich ein Stück von dem Rumpsteak in den Mund. „Dann könnte jeder wieder tauchen oder segeln, ganz wie er will.“

Isabel hatte noch nichts von ihrem Steak angerührt. Sie stand unter Druck, fiel Völkel auf. Während sie über die Morde sprachen, schmeckte es ihr offensichtlich nicht.

„Da kennen Sie die Leute im Dorf schlecht“, antwortete sie. „Es geht ihnen nicht allein um die Nutzung des Sees. Es geht auch darum, dass einem Einzigen so ein See überhaupt nicht gehören darf. So ein See kann nur allen gehören und damit niemandem, das ist ihre Meinung.“

Völkel verstand. Er blickte hinüber zum See und stellte erst jetzt fest, dass etwas anders war. Einen Moment lang musste er überlegen, dann sah er, was sich geändert hatte. Der Zaun war weg. Der Blick von der Terrasse hinüber zum See war frei, nichts verstellte mehr die schöne Aussicht. Völkel musste grinsen. Prima, dass er diesen Anblick kurz vor seinem Abschied genießen konnte.

Erst jetzt griff Isabel nach dem Besteck, während Völkel schon die Hälfte seines Gulaschs und zwei Klöße verspeist hatte. Auch das Glas Wein hatte er schon fast ausgetrunken. Er musste vorsichtig sein, noch eines konnte er sich nicht erlauben, sonst müsste er noch eine weitere Nacht in Homanns Hotel verbringen.

Ja, sie hätte geahnt, dass der Mörder auch sie bedrohen könnte, sagte Isabel. Zuerst hätte sie auch geglaubt, dass es einer aus dem Dorf sein müsste, genau wie alle anderen hier. Da hätte sie sich noch relativ sicher gefühlt. Dass man sie als Wulfs Geliebte bedrohen könnte, damit hätte sie gerechnet. Aber nach ihrem Leben trachten, nein, das würden sie nicht tun. Sie stammte ja aus demselben Dorf, jeder kannte hier jeden. Vielleicht war der Mörder ein Freund ihres Vaters, hatte sie gedacht. Aber dann sei ihr die Erinnerung an dieses Testament gekommen und sie hätte plötzlich Angst bekommen, panische Angst. Was wäre, wenn der Mord gar nichts mit dem See zu tun hatte, hatte sie sich gefragt. Zu der Bürgerversammlung wäre sie gekommen

in der Hoffnung, Klarheit zu gewinnen. Sie lächelte verlegen, als sie das sagte.
„Ja, stellen Sie sich vor, es wäre mir lieber gewesen, der Mörder meines Geliebten wäre einer von uns gewesen. Dann hätte ich mich sicherer gefühlt."
„Aber die Versammlung hat Sie nicht beruhigen können", sagte Seiler.
Sie schüttelte den Kopf. „Nein, je länger sie dauerte, je mehr ich die Reaktionen der Leute gesehen habe, desto unruhiger bin ich geworden. Und irgendwann …"
„Sind Sie aufgestanden und abgehauen", ergänzte Völkel.
Sie nickte.
„Und warum sind Sie mit Ihrem Verdacht nicht zu uns gekommen?", fragte Seiler.
„Auch das hat mit der Bürgerversammlung zu tun", antwortete sie. „Hätten Sie mir geglaubt? Sie waren doch völlig sicher, dass es einer aus dem Dorf war. Und ich hatte keinen Beweis. Nicht mal das Testament konnte ich als Beleg für meine Vermutung anführen, einfach deshalb nicht, weil ich gar nicht weiß, ob es eines gibt. Da habe ich nicht mehr ein noch aus gewusst …"
„ … und den Kopf in den Sand gesteckt", sagte Völkel und aß das letzte Stück von seinem Hirschgulasch. „Aber Ihrem Vater hätten Sie es doch sagen können."
„Das wollte ich auch, aber dann haben Sie mich auf dem Flur erwischt. Und schon beim ersten Mal, als ich ü-

berlegte, ob ein Gespräch mit Ihnen gut wäre, habe ich mich anders entschieden. Es hätte doch nichts gebracht, Sie waren viel zu sicher, wo der Mörder zu finden war."

Für die ersten zwei Tage, seit er Seiler bei der Ermittlung geholfen hatte, stimmte das tatsächlich, dachte Völkel. Danach war er nicht mehr so sicher gewesen. Aber gut, vielleicht hatten sie beide wirklich so gewirkt. Blöd war das gewesen, sie hätten schneller zum Ziel kommen können, merkte er jetzt.

Homann trat wieder an den Tisch und fragte, ob sie noch etwas bestellen wollten.

„Sie sind heute meine Gäste", sagte er, „schließlich haben Sie meiner Tochter das Leben gerettet." Er sah sie lächelnd an, während er das sagte. „Und vielleicht wird mein Geschäft ja schon bald wieder besser, jetzt, wo es den Alleinherrscher nicht mehr gibt."

Er sah kurz zu Isabel, als wollte er sich für den Begriff bei ihr entschuldigen, dann drehte er sich um und ging. Kein Zweifel, dass er die Beziehung zwischen seiner Tochter und diesem Mann abgelehnt hat, dachte Völkel und merkte im selben Moment, dass Isabel ihn durchdringend ansah. Offensichtlich ahnte sie, was er dachte.

„Und, hat er?", fragte Völkel.

Sie nickte, während Seiler sie fragend anschaute. „Was hat wer?"

Aber Völkel ging nicht darauf ein. „Und Ihre Mutter, hat die von Ihrer Beziehung gewusst oder ist sie schon vorher gestorben?"
Isabel legte das Besteck beiseite und starrte auf die Tischplatte. Es war klar, dass sie jetzt nichts mehr essen würde. Völkel hatte plötzlich eine Ahnung.
„Woran ist sie eigentlich gestorben?"
„Sie hat eines Morgens tot in ihrem Bett gelegen." Fast tonlos gab Isabel diese Antwort.
Also war sie gegen die Beziehung ihres einzigen Kindes zu dem alten Mann gewesen, dachte Völkel. Sie hat sich aufgeregt darüber und ihr plötzlicher Tod kurz darauf ist deshalb damit in Verbindung gebracht worden.
Auch diesen Gedanken schien Isabel zu erraten.
„Wulf war immer sehr zuvorkommend zu mir", fing sie von sich aus an zu erzählen. „Ich habe seine Bemühungen um mich zuerst nicht ernst genommen und gedacht, ich bin doch viel zu jung für ihn. Aber Wulf war sehr aufmerksam, sehr großzügig und da …" Sie schwieg einen Moment lang. „Ganz zu Anfang haben wir unsere Beziehung geheim gehalten. Das war gut möglich, weil niemand von dem kleinen Zimmer im Bootshaus wusste, das Wulf sich eingerichtet hatte."
Von dem Liebesnest, dachte Völkel, sag doch ehrlich, was es ist. Ein Liebesnest im Übrigen, das die Wittenberger Polizei unbedingt hätte finden müssen. Ein dummer Fehler. Aber so ist das, wenn man auf eine

Spur fokussiert ist. Ob ihnen in Dortmund das auch passiert wäre? Völkel musste nicht lange überlegen. Ach Gott, ihnen war auch so manches Missgeschick unterlaufen. Besser, er dachte nicht mehr daran.
„Und nach dem Tod meiner Mutter hat er mich getröstet", fuhr Isabel fort. „Da habe ich erst richtig gemerkt, was ich an ihm hatte."
„Und deshalb war Ihnen auch egal, was die Leute im Dorf über Sie dachten, als sie von der Beziehung erfuhren, stimmt's?"
Sie nickte. „Ja, was geht das die an, was ich mache, habe ich gedacht. Mit dem Streit, den sie mit Wulf hatten, habe ich doch nichts zu tun."
„Hatten Sie aber doch", warf Seiler ein, „weil die Leute Sie fortan geschnitten haben."
Sie nickte. Wieder wich sie dem Blick von Seiler und Völkel aus. Ganz so gleichgültig, wie sie tat, war ihr die Sache doch nicht.
„Kurz danach hat dann wenigstens Ihr Vater die Beziehung akzeptiert, stimmt's?" Völkel erinnerte sich an Seilers Bericht gleich am ersten Tag. Anfangs hätte Homann auf Nölthing geschimpft, hatte er ihm erzählt, was ja auch verständlich war. Immerhin hatte Nölthing ihm mit der Sperrung des Sees das Geschäft versaut. Aber ganz plötzlich hätte er seine Kritik an Nölthing eingestellt. Zu dem Zeitpunkt muss seine Tochter ihm erklärt haben, dass sie nicht von Nölthing loskomme.

Geschäft oder Tochter? Homann hatte sich für seine Tochter entschieden, die ihm allein noch geblieben war. Isabel nickte, dann stand sie abrupt auf.
„Haben Sie noch Fragen an mich?"
„Keine, die nicht bis Montag Zeit hätten", antwortete Seiler.
Sie ging ins Hotel. Völkel sah, dass ihr Vater neben der Theke auf sie gewartet hatte. Er legte einen Arm um sie.
„Wer bekommt denn jetzt das Erbe?", fragte Völkel.
Seiler zuckte mit den Schultern.
„Isabel nicht, weil es vermutlich kein Testament gibt. Raimund Nölthing nicht, weil jemand, der wegen des Erbes gemordet hat, nichts erben kann. Bleibt also nur seine geschiedene Frau."
„Eigentlich ungerecht", entgegnete Völkel.
„Ungerecht? Wieso das denn?"
„Weil sie ja nichts für dieses Erbe getan hat. Nicht mal ge..." Er brach ab. Nein, den Gedanken sollte er besser nicht aussprechen.
„Ich muss die Frau anrufen", sagte Seiler. „Ich muss ihr mitteilen, wer Ihren Ex-Mann getötet hat. Außerdem können wir die Leiche jetzt freigeben. Jemand muss schließlich für die Bestattung sorgen."
„Muss das auch eine Ex-Frau machen? Ich weiß nicht."
Völkel wartete Seilers Antwort nicht ab. Er stand auf und reichte ihm die Hand.

„Mit meinen Vernehmungsstrategien habe ich Ihnen ja nicht helfen können“, grinste er, als er ihm zum Abschied die Hand schüttelte.
„Nee, damit nicht“, grinste Seiler zurück. „Aber mit Ihren anderen Tipps. Und vielleicht gibt es ja später mal einen anderen Fall, bei dem sie mir helfen könnten. Sie selbst und Ihre Strategien.“
Völkel winkte ab. „Bloß nicht. So toll ist das alles nicht. Wir kochen alle nur mit Wasser. Außerdem bin ich doch im Ruhestand.“
„Im Ruhestand? Davon habe ich nichts gemerkt.“ Seilers Grinsen wurde noch breiter.
Eine Zeitlang sagten sie nichts, sondern hielten sich nur an der Hand
„Gute Rückfahrt“, sagte Seiler dann, „und herzlichen Dank!“

Bevor Völkel losfuhr, rief er noch über Handy seine Tochter an.
„Es war schön hier“, sagte er, „eine tolle Landschaft. Aber jetzt komme ich wieder nach Hause. Morgen spielt doch Borussia, da muss ich in meiner Stammkneipe sein.“
„Papa“, fragte Kathrin in einem merkwürdigen Ton, „war es wirklich nur die Schönheit der Landschaft?“
„Ich verstehe nicht, was du meinst.“

„An einem See in der Nähe von Wittenberg hat es zwei Morde gegeben, stand in der Zeitung. Damit hast du doch nichts zu tun gehabt, oder?“
Völkel erschrak. Es war gut, dass Kathrin ihn jetzt nicht sehen konnte.
„Zwei Morde? Aber nein, wie kommst du darauf? Außerdem gibt es hier viele Seen.“
„Dann ist es ja gut.“ Es klang nicht so, als wenn sie ihm wirklich glaubte, aber sie hakte auch nicht nach.
Völkel fühlte sich deshalb nicht erleichtert. Er spürte wieder sein schlechtes Gewissen, wie schon bei seinen Telefonaten vorher. Gerade Kathrin zu belügen war gemein.
„Fahr vorsichtig“, sagte sie.
„Versprochen“, antwortete er, „das tue ich wirklich. Ich muss nicht jagen. Ich komme auch so noch früh genug nach Hause, bevor es dunkel wird.“
Völkel freute sich auf die Heimfahrt. Er würde sich Zeit lassen, den Blick auf die Landschaft genießen und in einer Raststätte in aller Ruhe eine Tasse Kaffee trinken. Das Rentnerleben hatte eben doch seine Vorzüge.

**Heinrich Peuckmann**

geb. 1949, lebt mit seiner Frau und drei Söhnen in Kamen bei Dortmund. Über vierzig Einzelpublikationen: Romane, Krimis, Erzählbände, Jugend- und Kinderbücher. Zuletzt erschienen der Krimi „Heimkehr“ und der deutsch-deutsche Familienroman „Die Schattenboxer“. Peuckmann ist Mitglied in der Krimiautorenvereinigung „Das Syndikat“ und im PEN.

Lychatz Verlag

„Todesengeln schreibt man nicht“
von Klaus W. Hoffmann

ISBN 978-3-9813385-7-7

Lychatz Verlag

„Das Pendel"
von Heinrich Peuckmann

ISBN 978-3-942929-03-5